KB053802

조용한 흥분

조용한 흥분

ⓒ 유지혜

초판 1쇄 발행 2015년 8월 7일
초판 9쇄 발행 2021년 12월 15일

지은이 유지혜

펴낸이 윤동희

편집 김민채
디자인 이보람
제작처 교보피앤비

펴낸곳 (주)북노마드
출판등록 2011년 12월 28일 제406-2011-000152호

주소 08012 서울특별시 양천구 목동서로 280 102호
전화 02-322-2905
팩스 02-326-2905
전자우편 booknomad@naver.com
인스타그램 @booknomadbooks

ISBN 979-11-86561-09-6 03810

w w w . b o o k n o m a d . c o . k r

조용한_흥분

_jeje

북노마드

CONTENTS

파리Paris

바르셀로나Barcelona

서울

도시 여행

런던London

다시, 파리Paris, again

다시, 런던London, again

"아무런 일도 하지 않는다면,
상처도 없겠지만 성장도 없다.
하지만 뭔가 하게 되면 나는 어떤 식으로든 성장한다.
(심지어) 시도했으나 무엇도 제대로 해내지
못했을 때조차도 성장한다."

—김연수

완벽하지
않아도
되니까
스물셋에는
많은
습작을
남기자.

두서없이 써내려간
촌스러운 글이 전부.
사무적으로 쓴 글이 아니라,
휴대전화 메모장과
작은 몰스킨 수첩에
모나미 펜 똥이
잔뜩 묻은 문장들로
스스럼없이
써내려간

스물셋,
지난
98일간의
기록.

휴학계를 냈다.

스물셋을 시작하는 1월, 노트에 적은 단 하나의 목표는
'한 달간의 유럽 여행'. 이미 유럽 여행 에세이 몇 권을
섭렵한 뒤 제일 친한 친구를 꾀어놓은 상태였다.
스물네 살이 된 후 가고 싶진 않았고,
그렇다고 더 일찍 가지 않은 걸 후회하지도 않았다.
2월에 엄마에게 돈을 빌려 비행기 티켓을 끊었다.
로마로 들어가서 30일 후 바르셀로나에서 나오는
왕복 티켓이었다. 예산을 대강 가늠해보니 비행기 표
값을 포함해 적어도 500만 원은 필요했다.
백화점 안내데스크 일은 시급에 비해 일이 너무 힘들어
보였고 음식점 알바는 더더욱 하고 싶지 않았다.
결국 두 달을 팽팽 놀며 흘려보냈다.
어느 날 알바 사이트에서 좋은 일자리가 눈에 번뜩
띄었다. 말로만 듣던 '꿀알바' 사무 보조. 월요일부터
목요일까지 여의도의 한 금융회사에서 사무 보조로
일했다. 그래도 봄에 열리는 각종 축제와 공연들을
놓칠 수 없어 주말마다 부지런히 놀러다녔고,
나를 당기는 예쁜 신발들도 마다하지 않고 샀기에……
경비는 좀처럼 충분히 모이질 않았다.

결국 이대로는 부족하다 싶어 마지막 6월은 알바에
완전히 몸을 던졌다. 주 7일 알바! 월요일부터
목요일까지는 사무 보조, 금요일은 쇼핑몰 모델,
주말엔 가로수길 편집 매장에서 일했다. 일터의
사람들과 금세 친해졌고, 진짜 직장인처럼 자판기
커피에 익숙해진 6월을 보냈다.

출발 전날에는 자주 가던 카페에 갔다. 블로그에서
여행 정보를 열심히 찾아보지도 않았고, 숙소 주변
맛집 이름을 적어놓지도 않았다. 단지 몇 가지 꼭
해보고 싶었던 일들을 대충 손글씨로 적어 돌아왔을
뿐이었다.

짐을 싸는 것은 계속 미뤄졌다가, 출발 전날에야
완벽하게 캐리어 지퍼를 끝까지 잠글 수 있었다. 엄마
친구들이 선물해준 지폐를 챙겼고, 여벌 옷, 슬리퍼,
미니 고데 챙겼고……. 마트에서 사온 고추장이랑
라면도 가방으로 쏙. 펜 여분이랑 다이어리, 스케치북
하나. 이제 끝, 다 넣었다!

공항에서 입을 후줄근한 옷 한 벌을 꺼내놓고, 여권의
안부를 다섯 번 이상 체크한 후에야 겨우 잠들었다.
딱 다섯 시간, 뜬잠을 잤다. 그때까지는 보통의 휴학한
이십대들이 갖는 어렴풋한 기대와 설렘만 가졌을 뿐,
내게 어떤 일이 일어날지는 절대 예상하지 못했다. *jeje*

첫 여행

상기된 표정

설레어 잠을 못 잤다. 공항에서 햄버거 세트로 아점을
때웠다. 지금 배고픔은 중요한 게 아니다! 엄마는 못내
아쉬워하는 표정을 지었지만, 나는 아쉬움은 일절
없이 들뜬 포옹으로 작별을 고했다. 각자 생활이 바빠
자주 만나지 못했던 친구와도 비로소 상기된 표정으로
서로를 마주했다. 랩 배틀이라도 하듯 서로 할말을
쏟아냈고, 그 덕에 열 시간이 넘는 긴 비행시간도
지루할 틈이 없었다. 기내식이 맛없어도 상관없었고,
옆에 앉은 중국인 가족이 컵라면을 복도에 흘리고
맹렬한 기세로 수다를 떨어대도 상관없었다.

우린
이제
곧
로마에
떨어질
것이기에. jeje

로미에 도착하다

내렸다. 땅에 발을 딛는다. 드디어 로마다. 장시간
비행으로 옷은 다 구겨지고 피부는 퍽퍽해졌지만,
공항을 메운 잘생긴 청년들에 넋이 나갔다.
이탈리아에서는 거지도 장동건보다 잘생겼다는
그 말이 증명되듯, 공항에 들어서자마자 말을 걸기
쑥스러울 만큼 빼어난 외모를 지닌 세관 직원과
청소부가 등장했다. 꿈에 그리던 로마에 왔다는
기쁨을 만끽할 여유도 없이, 먹통인 휴대전화부터
쓸모 있게 만들러 갔다. 일이 술술 풀리려는지, 바로
통신사 부스가 나타났다. 이목구비가 뚜렷한 여자
직원이 이태리어로 휴대전화 통신 규정을 설명했다.
심카드에 대해선 잘 알지 못했지만 어쨌든 휴대전화를
바로 쓸 수 있다면 그것보다 더 좋은 일은 없으니,
바로 신용카드를 내밀었다. 영수증에 찍힌 320유로.
그래, 유로는 아직 익숙하지 않으니 어디 한번 계산을
해보자. 320유로……. 한국 돈으로 40만 원?
환불을 요청했을 땐 이미 늦었다. 엎친 데 덮친 격으로
의사소통에 문제가 있었는지 혜택 역시 설명으로
들었던 것에 절반도 되지 않았다. 망했다. 짐도 무겁고
덥고 시간은 밤 11시가 다 되어가는데, 휴대전화도
먹통이니 지도를 검색해볼 수 없는 것은 물론 호스트와
연락도 할 수 없는 상황. 말도 통하지 않는 나라에서
처음부터 모든 것이 잘 풀리리라는 오만을 떨었던 것을
반성하며 일단 메모해왔던 정보를 따라 버스에 올랐다.
충동적이고 불길한 스타트를 끊어놓고 친구와 나는
싱글벙글거린다.

해는 벌써 졌고, 거리에는 오가는 사람 한 명 없다. 긴장감에 입이 바짝 타들어갔다. 이태리어로 된 주소를 적은 종이는 벌써 땀에 절어 꼬깃꼬깃해져버렸다. 지나가는 한 커플을 겨우 붙들어 길을 물었다. "혹시 여기로 가는 길 아세요? 휴대전화가 아예 되질 않아서요." 이 말로 여행에서의 첫마디가 터졌다. 부부였던 두 사람은 고맙게도 20분이 넘게 온갖 지도 앱을 뒤져 우리 숙소를 찾아주었다.

20킬로그램이 넘는 캐리어를 끙끙대며 끌며 계속 길을 걸었다. 6~7개의 표지판을 지나고서야 첫 숙소로 향하는 표지판이 나타났다. 짜증이 나는 것을 겨우 참아내며 걷고 있었는데, 그걸 위로라도 하는 듯 분홍 꽃잎들이 표지판 사방을 예쁘게 덮고 있었다. 분홍 꽃잎들이 스무 살 때부터 꿈꿔왔던 이 여행에 대한 환상을 다시 피어나게 했다.

그때 두리번거리는 우리 곁으로 차 한 대가 다가왔다. 그루브한 느낌을 가진 여자가 도움이 필요하냐고 물었다. 누군가가 더 나타나 우리를 이 차에 태워 가버릴 수도 있다는 무서운 생각이 들어 적당히 거리를 두고 서 있는데, 어디선가 "Jihye! Jieun!" 하고 외치는 소리가 들렸다. 예약할 때 수없이 이야기를 나눴던 숙소 주인 칼이었다. 차 안의 그녀는 정말 우리에게 도움을 주려고 접근했던 것이었는지 잘됐다며 인사를 하곤 제 갈 길을 갔다.

시원한 눈매를 가진 칼은 찾아오느라 힘들지
않았냐며 인사를 건넸다. 로마시대에나 유행했을
법한 고풍스러운 곱슬머리를 하고 실크로 된
긴 드레스를 입고 있었다. 그런데 막상 숙소에
도착해보니 시각적으로도, 후각적으로도 아시아
느낌이 강했다. 인도에서 공수해왔다는 카펫부터
아기자기한 소품들, 쿠션, 벽에 걸린 그림,
방 안을 가득 채운 향까지. 칼은 아시아의 문화에
완전히 빠져 있는 듯했다. 맨 끝에 있는 작은 방이
우리의 방이었다. 소파와 책상, 옷장 하나가
전부이지만 깔끔하고 햇살이 잘 들 것 같은 방.
새벽에 잠깐 깨었을 때는 비가 오는 듯 했지만
그 소리마저 포근했다. 밤사이 계속되는 폭우도
내일에 대한 설렘을 막을 수는 없었다. jeje

눈을 떴다. 햇살이 쏟아진다. 조용히 창밖 풍경을
내다본다. 햇살은 분명 강렬한데 바람도 불고 있는지
나뭇잎들이 살랑살랑 춤을 춘다. 더할 나위 없이 좋은
아침이다. 어젯밤 불이 꺼진 방에 누워 친구와 이야기
나눈 허술한 계획들을 노트 한편에 적어내려갔다.
시작은 뻔했다. 콜로세움. 그림으로 그려보아도 작은
종이 안에 들어가기 벅찬 광대함이 나를 압도했다.
삼엄한 감시 없이 이 어마어마한 역사를 지닌
돌을 쓰다듬을 수 있다는 사실이 꽤 자극적이고
감동적이지만, 딱 거기까지였다. 사람이 엄청나게
많았는데, 저마다 셀카봉을 잡고 인증샷을 찍는 데
여념이 없었다. 두번째 코스, 베네치아 광장. 나는
도대체 어떤 낭만적인 장면을 기대했던 것인지……
규모도 생각보다 작았고, 한없이 지루한 풍경들은
그 기대를 철저하게 배신했다. 길바닥에 앉아 책을
읽거나 연인과의 대화를 즐기는 사람들 대신,
스마트폰에 코를 박고 있거나 사진을 남기느라 순간을
즐기지 못하는 관광객들이 가득했다. 마지막 목적지는
로마의 휴일 촬영지로 유명한 트레비 분수. 불행하게도
마침 공사중. 대체 뭐지? 내가 생각한 여행은 이게
아닌데, 하는 생각에 시무룩한 마음이 몰아쳤다.
한 번도 본 적 없던 건물 양식과 머리끝부터 발끝까지
세련됨을 장착한 이태리 사람들, 예쁜 과일, 들려오는
이국적인 언어들, 푸른 하늘, 보기에 예쁘고 좋은
것들이었지만 마음에 채워지지 않는 그 무언가가
있었다.

집으로 돌아오는 길, 카페에 들러 테라스에 자리를
잡고 앉아 스케치북을 꺼냈다. 좋아하는 펜을 골라
꺼내고, 티켓과 영수증을 붙일 테이프, 색연필 몇
자루를 꺼내 펜 옆에 두었다. 친구와 나는 각자의
빈 노트에만 집중하며 말을 줄여갔다. 서울을 떠나며
내가 진짜로 원했던 것은, 누구에게도 방해받지 않는
여유였다. 지극히 이국적인 장소에서 지극히 평범한
일들을 해나가는 것, 밀린 일기를 쓰는 것.
적당히 괜찮은 표정으로 사진을 찍어 나를 남기는
것이 아니라, 허무했든 즐거웠든 그 모든 순간들을
흔들린 글씨 안에 담는 것. 문장으로 정의될 때 비로소
평생을 가져갈 이국적이고 여유로운 풍경이 완성되는
듯했다. 그 못생긴 글자 안에는 시시각각 고군분투했던
감정들이 다 묻어 있다. 김장을 담그다가 손가락에
묻은 김치국물을 쪽쪽 빨아먹듯, 나는 마음에 묻은
감정들을 하나씩 돌이켜보고 서툰 문장들로 저장하기
시작했다. 어딜 가도 별로 행복하지 않았던 여행의
첫날. 늘 입버릇처럼 "나는 다른 여행을 할 거야!"라고
말했지만 '여기까지 왔는데 그건 꼭 봐야지' 하는
생각에 관습적인 관광객 매뉴얼대로 쉴새없이 걸었던
하루였다. 우리는 완전히 지쳐 있었다.
스케치북 위로 오르락내리락 마음대로 펜을 움직이는
리듬만이 완벽한 위로가 되어주었다. 이상하게도,
게으를수록 행복해졌다. 아무것도 하지 않을수록 더
깊은 생각을 하게 됐다. 누구를 위한 기쁨, 누구를
위한 여행인가. 우리 모두 각자에게 꼭 필요한 행복을
찾아야 한다. 그것이 세상의 기준과 전혀 다른 것이라
할지라도. jeje

빨간 아니 것들이 빨을이 되는

숙소 부엌에서 설거지를 하는데 콧노래가 절로 나왔다.
'로마는 설거지 같은 일상적인 일도 낭만적으로
바꾸는 힘을 가진 도시구나' 하고 계속 콧노래를
흥얼거리는데, 옆방을 쓰고 있는 칼의 아들이
나타났다. 그는 'Hi' 하고 먼저 인사를 건넸다.
XL 사이즈 티셔츠도 감당 못 해낼 만큼 딱 벌어진
어깨와 거꾸로 쓴 모자, 말할 필요 없이 준수한 외모는
나를 설레게 했다. 나는 앞머리를 질끈 묶고 있던
고무줄을 얼른 풀었다. 그날 아침 그를 본 이후로는
행여 그와 마주칠까봐 화장실을 갈 때에도 안경을 벗고
매무새를 다듬었다.
저 남자애도 한국 여자애 둘이 자기 집에 왔다며 다른
친구들을 초대하는 건 아닐까? 그럼 우린 소파에서
맥주를 한 캔씩 따라며 함께 밤을 새우게 되겠지. 넌
나이가 몇이야 하면서 말을 걸어오면 어떻게 대답하고,
어쩌고저쩌고……. 절대 그런 일은 일어나지 않았지만
친구와 나는 즐거운 상상에 빠져 깔깔거리며 웃었다.
여행은 이렇듯 말도 안 되는 상상을 하게 만들고
쓸데없는 생각들을 구체화시킨다. 별일 아닌 것들이
별일이 되고 아무 일 없어도 실없이 웃게 되는 것. 작은
일은 특별해지고, 스스로를 짓누르고 있던 큰일은 몹시
가벼워져 농담을 자아낸다. 여행은 이런 것. jeje

이제 휴대전화나 구글 지도가 없어도 지하철과 버스를
척척 탄다. 신이 난다. 앞머리를 가르는 솔솔바람은
내 마음에 '들뜸 증폭 장치'를 설치해버렸고, 지나가는
남자들은 왜 다 하나같이 현기증 나게 잘생긴 건지!
우리는 보르게세 공원에 가기로 했다. 누가 재단하거나
간섭하지 않아 맘껏 여유를 누릴 수 있는 무한대의
시간이 마음에 들었다. 세월아 네월아, 우리는 진짜
이야기를 나눴다.
공원 근처 광장에서는 비눗방울을 만드는 사내가 있다.
일렉트릭 기타를 치면서 오늘이 세상 마지막 날인 듯
헤드뱅잉을 해대는 청년도 있고, 어깨에 바이올린
하나씩을 메고 씩씩하게 길을 걷는 소녀 단짝도 있다.
이제 막 퇴근한 것처럼 보이는 아저씨는 업무가 아직
끝나지 않았는지 부장님이 화가 나신 건지 전화를
끊지 못하고, 하늘색 원피스를 차려 입은 한 여자는
남자친구에게 받은 꽃에 코를 박고 냄새를 흠뻑
맡는다.

공원은 생각보다 아주 높은 곳에 있었다. 도시의
풍경이 한눈에 보이는 이곳에서 사람들은 저마다의
모습으로 막역한 사람과 시간을 보내고 있었다. 덩치는
크지만 순하게 생긴 개가 줄이 풀린 채 자유롭게
자갈밭을 뛰어다니고 벌써 몇 바퀴째 조깅을 멈추지
않는 한 아저씨는 손짓이 요상하게 여성스럽다.
벤치에는 친구 사이로 보이는 중년 아주머니 두 명이
얼굴을 맞대고 이야기를 나누고 있다. 정장 차림의
회사원 아저씨는 의외로 상큼한 노란색 손수건을
꺼내어 든다. 모르는 사람들의 미소를 보는 것은
친근한 느낌을 준다. 눈이 깊고 코가 높은, 나와
전혀 다른 생김새를 가진 이 사람들과 우연히 눈을
마주치면 누가 먼저랄 것 없이 싱긋 웃어 보인다.
미소를 주는 것도, 그 미소를 받는 것도 어떤 가치와도
환산할 수 없다. 나는 그 모든 풍경과 미소들을
내 그림으로 담고 싶었다.
나는 스케치북을 꺼내 그림을 그리기 시작했다.
정신없이 그림에 빠져들었다. 세세하게 그린 것도
아닌데 시야가 워낙 넓다보니 꼬박 30분이 걸렸다.
돌에 기대어 그린 그림이 꽤나 마음에 들었다. 멀리서
바람이 불어온다. 한눈에 들어온 도시는 반짝거리는
조약돌을 저마다의 줄로 세운 듯 아름답다. jeje

순간에서 표현되는 그대이기에

너무 많은 말로 설명하려 하지 않길.
셔츠를 접어 올리는 손길에서부터
말을 고르는 순간,
입술을 떼어 첫 단어를 내뱉는 목소리,
커피 잔을 가지러갈 때의 걸음걸이,
펜을 쥐고 노트에 적는 그 무언가에서
이미 표현되는 그대이기에. jeje

첫 여행

FIRENZE

피렌체

피렌체의 반지하

로마에서 피렌체로 가는 기차를 타고 깜빡 졸았다.
잠시 동안 떨어지던 빗방울, 달리는 기차. 커다란
유리창 안에 매달린 투명한 물방울들은 창밖에 펼쳐진
푸른색에 선명함을 더한다. 졸다가 깨어 마주한
그 게으른 풍경이 참 아름답다.
두번째 숙소로 향하는 길. 주인아저씨는 우리를
위한 간단한 저녁식사를 준비해놓겠다고 했다.
제일 가깝다는 'mille 07' 정류장에서 내려 서둘러
저녁식사와 친절한 주인아저씨가 기다리고 있는
숙소를 향해 걸음을 재촉한다. 골목은 고요했다.
하늘은 맑다. 밤에도 이제 반팔 티 하나면 충분할 것
같은 공기.
올해 반 백 살이라는 대머리 아저씨 안드레아는 환한
웃음으로 우릴 맞이했다. 파스텔톤 대문을 열고
반지하로 내려가면 작은 방, 욕실, 좁은 거실 겸 부엌이
차례로 등장한다. 나무로 된 식탁 위에 그가 차려놓은
샌드위치와 와인, 맥주가 놓여 있다. 친구는 왠지
모르게 무섭다고 속삭였지만, 나는 이미 마음을 놓고
벌컥벌컥 와인을 들이키고 있다.
오늘밤은 왠지 완벽하고 푹신한 잠을 자고 싶다.
살면서 유럽의 반지하에서 잘 기회가 얼마나 있겠냐는
마음에 쉽게 감상에 젖어 불안감을 잊었다. 나는
안드레아의 친절한 미소를 눈 딱 감고 백 퍼센트
진심으로 믿기로 했다.

피렌체의 낭만.
시작이 좋다. jeje

부 시간의 저녁식사

어느새 이 도시의 아담함을 알아차린 우리는
어슬렁거리며 골목 탐방을 시작했다. 에코백에 노트와
펜 몇 자루만 달랑 넣어두고. 두리번거리던 차 무작정
들어선 골목에서 식당 두 곳을 발견했다. 한 곳은
흰 천으로 창문이 가려져 있어 안을 제대로 볼 수
없었지만, 피아노 소리가 흘러나오고 있어 느낌이
좋았다. 차분한 분위기 속에서 좋아하는 사람들과
함께 식사하는 생동감이 흐르는 곳 같았다.
마치 이 동네에 사는 수수한 이태리 아가씨가 늦은
점심을 먹고 있을 것 같은 느낌. 다른 한 곳은 잘 닦인
창문 안으로 실내가 훤히 드러나 보였는데,
바로 옆 레스토랑과는 정반대의 느낌으로 재즈가
거리까지 흘러나와 우리를 유혹했다. 테이블이
서너 개뿐인 비좁은 실내에서는 웨이터가 미소를
띤 채 음식을 나르고 있었다. 생동감과 웃음이
넘실대는 식당 안. 낯선 사람과 같이 앉아 있는 느낌이
들 만큼 다닥다닥 붙어 있는 테이블. 맥주를 마주 놓고
앉은 사람들은 뭐가 그리 행복한지, 모두가 잇몸을
드러내며 환히 웃고 있었다. 그들은 와인이든 대화든
분명 무엇인가에 취해 있었다.

우리는 각자 여행에서 산 드레스를 차려입고(구두는
없었기 때문에 아쉬운 대로 샌들을 깔끔하게 닦아 신었다),
가격이 비싸지는 않을까 작은 걱정을 안고 첫번째
레스토랑에 발을 디뎠다. 실내는 상상했던 것보다
훨씬 더 고급스러웠다. 뭐 이런 식당은 일주일에 7일은
온다는 표정으로 우아하게 착석. 메뉴판 속 이태리어와
사투 끝에 온갖 상상력으로 전채부터 디저트까지 코스
요리를 선택했다. 큰맘 먹고 와인도 주문했다. 음식은
심각하게 맛있었다. 처음 보는 모양의 전채 요리를
입에 넣으니, 한 입 크기로 썰린 고등어가 입안에서
먹기 좋게 헤엄쳤다. 내가 이전까지 먹었던 것들을
음식이라고 불러도 되느냐 묻고 싶을 만큼, 입안을
부드럽게 자극하는 맛이었다. 예술적인 음식들이
계속 나왔지만, 언제나 먹어온 음식처럼 자연스럽게
넘어갔다. 식사를 하다가 우리는 옆 테이블에
앉은 백인 가족에게 시선을 뺏겼는데, 리넨 셔츠를
멋들어지게 소화한 할아버지부터 실내에서도 스카프를
절대 풀지 않는 할머니, 크고 검은 뿔테 안경을 쓴
모습이 지적이고 섹시하기까지 한 아저씨와 그의 아내,
음식에는 도통 관심이 없는지 아이패드만 뚫어져라
보고 있는 단발머리 소년까지. 우리보다 일찍 와서 더
늦게까지 머무른 그 가족은 아마 세 시간에 가까운
저녁식사를 했을 것이다. 이야기와 음식만으로 시간을
통과하는 것 같던 그들의 대화. 그들의 다정한 표정
때문에 곁눈질은 쉽게 멈춰지지 않았다.

식사비도 생각보다 비싸지 않았다. 우리는 부들부들
떨며 고백을 하고 '예스'라는 대답을 듣고 돌아서서
기쁘게 포효하는 영화 속 사내처럼, 식당에서 몇
발걸음을 떼자마자 누가 먼저랄 것 없이 까르르 웃으며
소리를 질러댔다. 뜀박질을 해댔고, 광대는 계속
올라가고 볼은 발그레해졌다. 고급스러운 식당에서
흥분을 꾹꾹 참던 촌스러운 그날 밤.
생애 처음으로 매우 천천히, 음식을 한 입 한 입
음미했다. 숟가락질보다 이야기의 속도가 더 빠른,
음식이나 휴대전화를 보는 시간보다 서로의 눈빛을
보고 집중하는 시간이 더 긴, 신선하고 의미 있는 식사.
몸집만 한 배낭을 메고 달걀 프라이에 라면만 먹는
여행만이 '진짜 여행'인 것은 아니다. 한껏 차려입은
멋진 모습에 가장 자신 있는 표정을 지어 보이며
음식과 이야기를 천천히 즐기는 것도 진짜, 여행이다.
긴 시간의 향유, 지하 5층은 될 만큼 깊이 파고들었던
진지한 대화, 오고 갔던 두 친구의 눈빛. 그 모든 것이
피렌체라는 예쁜 이름 못지않게 반짝이는 순간을
새겼다. jeje

전혀 상관없는 이야기

피렌체는 워낙 작은 도시라 이 길로 들어서서 가다보면
아까 그 길과 연결되는 경우가 많다. 또 어떤 곳에서든
두오모 성당의 꼭지가 보여 쉽게 방향을 찾을 수 있다.
길을 걷는 것만으로도 흥분되는 맑은 날씨, 정처 없이
걷다 전시장처럼 보이는 한 공간에 들어섰다. 유럽은
길거리에 있는 작은 갤러리들이 대부분 공짜로 입장이
가능하기에 망설임 없이 들어가서 작품을 구경했다.
안내 직원에게 인사를 건네니, 이곳은 피렌체의
패션 학교이며 전시되어 있는 작품들은 이 학교
학생들의 졸업 작품이라고 대답한다. 게다가 지금은
입시 설명회가 진행중이라 한다. 천장이 높고 흰색
벽과 흰 책상으로 꾸려진 교실에는 나이를 분간하기
힘든, 전혀 다른 나이대의 사람들이 설명을 경청하고
있다. 열정이 어린 눈빛, 신기한 것은 정말이지 나이를
가늠할 수 없었다는 점이다. 진지한 표정으로 설명을
듣는 할아버지, 레게머리를 신명나게 땋아 올린 흑인
청년, 엄마 나이 정도 되어 보이는 아주머니 등 다양한
사람들이 모여 있었다.
우리나라에서는 겨울이 되면 두툼한 잠바를 껴입은
어머니들이 미간을 찌푸린 심각한 표정으로 보통은 몇
백 명, 많게는 몇 천 명이 함께 입시 설명회를 듣는다.
그 풍경이 익숙했다. 그래서 피렌체 학교에서 우연히
마주한 이 모습은 조금 낯설었다. 수능 때문에
일 년에 몇 명씩은 자살을 하는 우리나라 교육의
현실을 떠올려보았다. 이 나라의 교육이 어찌 됐든
우리나라의 악명 높은 압박보다는 덜하지 않을까,
더 자유롭지 않을까. 피렌체 패션 학교에는 여유와
자유로움이 자연스레 흐르고 있었다.

데스크에 앉아 있던 여자가 우리에게 자리를
안내해주러 다시 왔다. 잠시만 기다리면 담당자가
도착해 영어로 설명을 더 해줄 것이라고 했다.
담당자에게 긴 설명을 들었는데 딱 떠오르는 말은
한 가지였다. 이 학교의 장점은 뭐냐고, 너희들이
나의 예술성을 좋은 방향으로 교육시켜줄 수 있는
이유는 무엇이냐고 물었다. 그녀는 이렇게 답했다.
"우린 너희에게 뭘 가르쳐주지 않아. 시키지 않아.
그냥 네가 원래 가지고 있던 창의력을 끌어내주는 것,
그게 우리가 잘하는 일이야."
그 한 문장은 강력했다. 학교에서 가르쳐주지
않는다? 시키지 않는다? 나는 늘 누군가에게
가르침을 받아왔는데, 나는 늘 누군가가 시키는 일을
해왔는데……. 나, 우리에게 학교는 그런 곳이었다.
그런 현실 속에서도 나만의 감성을 뺏기기 싫어
고군분투했던 많은 시간들이 주마등처럼 스쳤다.
도대체 누구를 위한 교육인가. 농도 짙은 교육, 그것은
나를 발견하게 하는 것, 누구도 아닌 내가 하게 하는
것이다. 가볍게 들어섰던 이 학교에서 기대하지 않았던
것을 배웠다. 내가 받고 싶어했던 '교육'이라는 것.
물론 세상 어디에도 완벽한 교육은 없을 테지만, 나는
교실에 굴러다니는 분홍색 마카를 빌려 에코백에 몇
글자를 써넣었다.
"This is what I always wanted to have. THE REAL
EDUCATION.(이것이 늘 내가 원했던 것이다. 진짜 교육.)"jeje

리넨 셔츠를 입은 할아버지

옆 테이블에는 귀엽고 큰 개가 누워서 자고 있고,
앞 테이블에서는 삼대가 같이 저녁식사를 하는데
할아버지 생신이라며 가족들이 다 같이 노래를
불러준다. 이곳의 할아버지들은 왠지 리넨 셔츠가
잘 어울리고 점잖기보단 장난기 있는 분들이 많아
보인다. 우디 앨런 같은 할아버지들이 우르르 젤라또를
드시며 지나갈 때 나는 마냥 흐뭇한 미소를 짓게
된다. 좋아하는 골목길은 언제 보아도 예술이다. 제일
좋아하는 골목은 집 앞 정류장보다 두 정거장을 미리
내려서 걸어들어가야 한다. 세일 시즌이 한창인 속옷
가게를 지나면 꼭 들르고 싶은 레스토랑 두 곳이
보이고, 그 길을 지나 나오는 작은 교차로에는 사다리
모양의 빨간 그라피티가 가로등의 따스한 빛을 받고
있다. 밤에는 아예 차가 다니지 않아 뛰어다니면서
놀 수 있는 곳. 새벽 한시가 넘은 시각에도 반팔
반바지가 괜찮은 날씨. 다시 방향을 틀어 5분 정도를
걸으면 지도를 들여다볼 필요 없이 길을 찾을 수
있다. 사람들이 아이스크림 하나씩을 들고 모여 있는
젤라또 가게를 찾으면 된다. 늦은 시간에도 사람들이
바글바글하다. jeje

오전 열한시. 눈을 떠보니 혼자다.
기차로 30분 거리에 있는 명품 몰에 다녀오겠다는
친구는 이미 떠나고 없다.
우리는 오후 네시에 두오모 성당 앞에서
만나기로 했다.
덜렁대는 성격의 나조차 환타 병을 비워
물을 채워 나갈 만큼 날씨가 덥다.
이탈리아의 햇살에는 자비가 없다.
집을 나서다 바닥에 떨어져 있는 포스트잇을
주워 읽어보니
안드레아가 자고 있는 나를 기다리다가
혼자 슈퍼에 간다고,
잘 놀고 오라는 내용이 적혀 있다.
이 아저씨, 보면 볼수록 정이 든다.

Italy, 2014

17번 버스에 올랐다. 외동인 나는 일곱 살 때부터 혼자
침대를 쓴데다 친한 친구라 해도 혼자만의 시간이 조금
더 편하기도 한 아이였다. 그래서인지 지금 주어진
혼자만의 시간에 들떠 계속 피식거린다. 홍대를 거닐
듯 가로수길의 골목을 가듯, 나는 피렌체 거리에
편안한 웃음을 흘린다.
거리에는 온갖 흥미로운 것들이 장터처럼 정겹게
꼬리를 물고 나타난다. 전시회장, 성당, 작업실에
우연찮게 들어가볼 기회가 쉽게 찾아왔다. 그러나
마치 만화에 나오는 심야 식당처럼 주인 맘대로
운영 시간을 바꿔, 어제 봐두었던 가게도 다시 가보면
닫혀 있는 경우가 많았다. 가게가 갑이고 내가 을,
밀당이 이만저만 아니다. 지나가다 발견한, 작은
갤러리도 당연히 닫았으려니 생각했다. 그런데 실내를
들여다보려고 몸을 기대자 문이 철커덕 열리면서 내
몸이 우당탕 실내로 쏟아져 들어갔다. 머리칼이 없는
훤칠한 키의 중년 남자가 웃으며 서 있었다. 그는 처음
본 나에게 스스럼없이 대하며 작업실을 소개해주었다.
내 눈이 번뜩이는 것을 알아챘는지 천천히 공간을
채운 작품들에 대해 수줍게 설명을 시작했다. 어떤
예술을 하느냐는 질문에 그는 조각, 페인팅, 설치미술
등 다양한 장르를 아울러 작업을 한다고 답했고,
그것들이 무엇을 의미하냐는 질문에는 그저 예술일
뿐이라는 간결한 답만 던졌다. 그날은 내 몸집보다
세 배는 커 보이는 마주보는 두 개의 얼굴 형상을
조각하고 있었다.

이제 친구를 만나러 가야 할 시간. 나도 언젠가
이런 작업실을 가질 수 있겠지 하는 상상을 하며
작별 인사를 고했다. 감사 인사는 이태리어, 영어,
한국어로 정성스레 세 차례나 전했다.
친구의 모습은 아직 보이지 않는다. 대신 색색의
옷을 입고 춤을 추는 아이들이 눈에 들어왔다.
아이들은 연신 진지한 표정으로 연습한 동작을 펼쳐
보인다. 사람들은 웃음을 지으며 지나쳐가기도 하고
아예 자리를 잡고 앉아 구경하기도 한다. 아이들은
역사가 있는 이곳에서 사랑스러운 빛깔로 춤을 춘다.
자기들만의 표정으로, 자신감이 붙은 동작으로,
더 자유롭게 날개를 푸드덕댔다. 공연인지 연습인지
모를 아이들의 몸짓이 끝나고 지나가던 사람들과 나를
포함한 거리의 관람객 모두가 일어나 힘껏 박수를 쳤다.
그 소리는 두오모 전체를 울리지는 못했어도 얼굴이
발개져 까르르 웃는 어린 춤꾼들의 마음에는 분명한
울림을 주었을 것이다.
이런저런 일을 겪었던 혼자만의 경험을 친구에게
말해주고 싶어 입이 근질거린다. 그녀는 약속 장소에
10분 늦게 나타났지만 요지부동 불안한 마음을
알약처럼 삼키고 기다린 덕에 휴대전화도 없이 피렌체
한복판에서 접선에 성공했다. 집 근처 슈퍼마켓에서
과일 조금, 맥주 두 캔, 큰 물 한 통을 사서 집으로
돌아가기로 했다. 사과 상자를 던지는 할머니가 조금
괴팍스럽긴 하지만 괜찮다. 체리가 1킬로그램에
1.2유로니까! jeje

사게나 지렁이 홀롱 불어야하는 날

점심은 간단하게 케밥을 먹기로 했다. 케밥집 청년은
친절했다. 케밥을 거의 탑처럼 쌓아주어서 든든하게
식사를 마쳤다. 배불리 먹은 것에 비하면 얼마 되지
않는 돈을 냈다. 가게를 나서려는데 그가 갑자기
우리를 불러 세운다. 그는 우리에게 장미 한 송이씩을
선물했다.

예쁘다는 말이 진심인지 아니면 빈말인지 상관없이
기분이 엄청 들떴다. 너무 들떴다. 칠칠맞게 거리를
누비다 그가 준 꽃을 잃어버렸다. 사진 몇 장만을 남긴
채. 명색이 유럽 남자에게 최초로 받은 선물이었는데
말이다.

"아, 나 꽃 거기 두고 왔다……."

아쉬운 듯 중얼거려보았지만 이상할 만큼 서운했다.
짜증이 나는 것이 아니라, 돈으로 환산할 수 없는
아주 귀중한 것을 잃어버린 것처럼 마음이 무거워져
한숨을 쉬었다.

잃어버린 것은 이상하게도 꽃이다. 누군가에게
잃어버렸다고 하소연해도 "그거 뭐 얼마 한다고"라는
대답이 돌아올 게 뻔한, 꽃.

그래도 나는 "아, 나 꽃 거기 두고 왔다……."라는
그 말이 왠지 좋았다.

시계나 지갑이 아닌 '꽃'을 찾으러 거리를 잠시 헤매는
것이, 이곳 피렌체와 참 잘 어울리는 듯했다. jeje

그런 믿음을 가지는 것만으로도

집 앞 성당. 화장실도 돈을 내고 들어가야 하는
유럽에서 'Free entrance'라는 말에 촐랑거리며 들어
간 곳이었다. 적막한 기운을 뿜어내는 곳. 내가 무심코
만든 모든 소리들이 소음으로 느껴질 만큼 고요하다.
그래서 소리 없이 손을 모으고, 머리칼을 천천히
넘기고, 눈꺼풀을 조심스레 내려놓는다. 언젠가부터
익숙해져 있던 소음 때문에 듣지 못했던 소리들,
구두굽 소리, 머리카락 넘기는 소리, 옷매무새를
가다듬는 소리, 시계 침 소리, 입술과 입술 사이가
떨어지는 소리, 눈꺼풀이 떨리는 소리 그리고
마음의 소리. 쉼을 요구하는 진심의 소리.
"감사합니다." 단 한마디의 기도를 올렸을 때, 말로 다할
수 없는 평안함이 느껴졌다. 요 며칠간 모든 일들이
나의 덕으로 인해 잘되었다는 오만을 피렌체의 한
성당에서 뼈저리게 느끼는 순간. 지켜달라는 말을
했다. 모든 것을 내려놓을 테니 안전을 보장해달라는
기도는 유럽에서 간절하면서도 근본적인 기도.
신의 존재를 믿든 믿지 않든 중요하지 않다. 분명
나보다 훨씬 거대한 존재가 나에게 무한대의 사랑을
주고 있고, 나를 지켜주고 있다는 믿음. 그런 믿음을
가지는 것만으로도 세상은 조금 더 살 만해진다.
한국에서 몇 천 킬로미터 떨어진 이곳, 혼자 들어선
낯선 성당에서 하늘의 마음을 전달받는다. 이곳엔
휴대전화도, 구글 지도도, 잡담도, 친구도 없다.
나와 기도뿐. jeje

지도를 버려도 찾아오는 것

'이 미술관은 다른 데에 비해서 뭐 이렇게 돈을
많이 받아? 그래도 줄이 이렇게 긴 걸 보면 볼 만한
게 있겠지' 하고 조금은 투덜거리며 미술관으로
들어섰다. 계속되는 지루함, 우리는 금세 지쳐 "역시
우린 현대미술을 좋아해" 하고 의자에 앉아버렸다.
그 순간 북적거리는 사람들의 소리에 고개를 돌리니
비너스의 탄생이 눈앞에. 여행이란 항상 이런 식이다.
지도를 버려도 정말 봐야 할 것은 우리에게 찾아오는 법.
마음으로 걸어들어오는 법. jeje

첫 여행

PARIS

저가 항공이라 지연이 될 수도 있다고 예상했지만 처음 경험해보는 두 시간의 공백은 가혹했다. 대기 장소는 비좁았고 동전이 없어 자판기에서 뽑은 초콜릿 하나로 배고픔을 달래야 했다. 좁은 공간, 줄을 섰던 그대로 모두들 자리에 주저앉아 120분의 기다림을 시작했다. 내 옆에 앉아 있던 아저씨가 나를 흥미로운 듯 쳐다보더니 말을 건다. 그가 뗀 몇 마디는 결국 한 시간의 대화로 이어졌다. 60에 가까운 나이. 영성의 삶Spiritual life을 갖는 게 꿈이라는 그가 행복해 보였다. 그는 항상 읽는다는 책과 네팔에서 샀다는 귀여운 가방을 보여준다.

여러 나라를 떠돌았다고 했다. 30개국 정도를 가보았다면서 그다지 듣고 싶지는 않았던 이야기까지 친한 친구처럼 재잘거린다. 프랑스에는 정말 다양한 인종이 있다고, 작은 아프리카라고 불린다는 말도 전해왔다. 모든 아버지들이 다 그렇듯 자신도 모르게 자녀 자랑까지 늘어놓았다. 지금은 이혼을 해서 가족들과 함께 살지 않는다고 말하며 깊은 외로움을 들켜버렸지만, 삶에 대한 열정만은 엄청났다.

몇 십 년을 파리에서 살아온 진정한 파리지앵과 나눈 깊은 대화(이따금 그의 요가 찬양과 가족 이야기가 반복되긴 했지만). 나는 알고 있는 몇 가지 좋은 단어들로 그를 위로했다. 그 이후에도 수없이 탔던 저가 항공이 지연될 때면 나는 그를 생각했다. 이름도 기억이 나지 않는 파리지앵 아저씨 제2의 인생, 응원해요! jeje

"만약 당신에게 젊었을 때 파리에서
살게 될 행운이 주어진다면, 그 이후 파리는
마치 움직이는 축제처럼
당신의 남은 일생 동안 당신이 어디를 가든
당신과 함께 머물 것이다."

—어니스트 헤밍웨이

신고 당하기 딱 좋은 데시벨

파리는 공기부터 달랐다. 예술의 도시라고 귀에 못이
박히게 이야기를 들었던 이곳에 내가 왔다는 사실
자체가 발걸음을 가볍게 했다. 공항 표지판마저
가독성이 높고 디자인까지 세련된 이곳. 구글
로드 뷰로 보았을 땐 사람도 별로 없고 겨울인지
어두침침했던 그곳이 바로 내 눈앞에 푸르게 펼쳐져
있다. 여름의 파리다.
몽마르트르 언덕 바로 옆에 위치한 우리 숙소는 비싸서
딱 이틀 동안만 호사를 누릴 수가 있었다. 들어서는
순간부터 좋아서 소리를 질러대는데, 우리가 들어도
신고 당하기 딱 좋을 만큼의 데시벨이었다. 호텔 같은
푹신한 침구에 일기 쓰기에 좋은 나무 책상, 낡은
소리가 나는 커피 머신, 주황색 테이블이 놓인 작은
발코니, 집주인이 전해준 초록색 열쇠까지.
모든 게 파리 그 자체였다.
친구는 얼마나 좋았는지 즉석밥을 데우다 말고
훌쩍거리며 운다. 로마도, 피렌체도, 우릴 이렇게
흥분시키지는 못했다. 오로지 파리만이 줄 수 있는
고조된 분위기와 흥분이었다. jeje

우리만의 프랑스 가정식

슈퍼마켓에 들어선다. 과일 향이 창문으로 쏟아지는
햇살에 음표를 덧붙인다. 신선하고 깨끗한 선율.
슈퍼마켓은 언제든 나를 설레게 하는 공간이다. 여행을
가면 누구나 흰 침대보 위에 식품 사진을 하나쯤
올리는 것을 보면 나만 갖는 생각은 아니리라.
오렌지, 복숭아, 방울토마토를 차례로 꼼꼼히 고르고,
파리스러운 패키지의 복숭아 잼과 바게트 빵,
큰 유리병에 든 블루베리 요구르트를 사는 것,
그 자체로 마음이 몽글몽글해진다.
버스에서 내리면 바로 에펠탑이 있다고 했으니 잔디
위 피크닉을 위해 치즈와 토마토를 썰어가야 할 텐데
이것들을 씻을 물도 자를 칼도 없다. 친절해 보이는
직원 언니에게 불쌍한 표정을 지으며 사정을 말했더니
구석의 작은 부엌을 내어준다. 과일들을 깨끗이 씻고
땀이 난 얼굴도 슬쩍 닦아내고. 언제 또 슈퍼에서
치즈를 썰고 복숭아를 씻겠어, 하며 싱그러운 기억이
또 한 장 남는다. 직원 언니는 부엌을 내어준 것도
모자라 일회용 칼, 포크, 접시까지 챙겨줬다. 보답할
방법이 딱히 없어 동양 표 수줍은 볼 뽀뽀를 선사했다.
다시 정류장에 기대 198번 버스를 기다린다. 햇볕이
너무 강해서 조금 멀리 떨어진 그늘로 옮겨온 우리.
방금 산 블루베리 요구르트의 파란 뚜껑이 경쾌하게
열린다. jeje

편지

엽서를 사는 일은 언제나 가슴 벅차다.
누군가에게 편지를 전달했을 때의 마음을
미리 사는 기분.
침대에 아무렇게나 엎드려 한국에 있는
누군가에게 하고 싶던 말을 써내려간다.
무슨 말을 쓸지 망설이던 때의 빈 종이는
어느새 애틋한 말들의 반복으로 가득찬다.
마지막 작은 공간에 구겨넣은 이름과 날짜는
시간이 지나도 잊히지 않을 기억. jeje

약간의 취기를 단단히 부여잡고 숙소 바로 옆에 위치한
몽마르트르로 향했다. 지인들에게 주의하라고 들은
'실 팔찌 강매 흑인'들은 예상보다 집요하지 않았다.
바짝 긴장한 채 무뚝뚝한 표정으로 무사히 케이블카에
올랐다. 터져나오는 함성, 파리 전체의 크고 작은
불빛들을 모두 조망 가능한 이곳의 건장한 키.
어느새 밤은 도시 전체를 덮었다.
잔디인지 맨땅인지 보이지도 않는 어두운 곳에
청년들이 삼삼오오 모여 맥주를 마시며 빛을 뿜고
있었다. 맹렬해 보이는 토론과 한없이 다정한 애정의
행각이 곳곳에서 펼쳐진다. 익숙한 나의 모습도 그곳에
투영되어 있었다. 자유로움, 이 낱말만이 그 언덕을
아무런 가감 없이 표현할 수 있다. 우리는 맥주
한 병씩을 손에 쥐고 엉덩이를 아무데나 붙여 앉고는
말을 줄였다. 그저 불 꺼진 하늘을 바라볼 뿐이었다.
나는 끈이 풀린 컨버스화를 별이 가득한 검은 하늘
위로 자꾸 치켜든다. 하늘로 발을 차는 것만이 지금
자유가 가득한 내 마음을 나타낼 수 있다는 생각.
이유 없는 발길질이 계속됐고, 맥주는 빠른 속도로
비워졌다.

딱 봐도 키가 2미터는 되어 보이는 거구의 흑인이
옆에 앉아 있다가 말을 걸어왔다. 발을 왜 계속 그렇게
하느냐고, 파리가 처음이냐는 흔한 인사말과 함께
이것저것 물어보는 게 왠지 선수 같다. 50센티미터 정도
거리를 두고 앉아 있었는데, 목소리가 안 들린다며
가까이 와서 앉으라고 말한다. 흑인 남자와 이토록
길게 대화해보는 것은 처음이다. 꼭 미국 드라마 속에
있는 느낌이다. 너는 그 아디다스 저지가 참 잘
어울리네, 너는 나를 분명 좋아할 거야부터 시작해서
내 방은 일어나면 에펠탑이 한눈에 보이고 햇살이
쏟아지는데 나와 같이 아침을 맞이하지 않을래? 등등
적응 안 되는 노골적인 작업 멘트가 쏟아졌다.
내가 뚱한 표정으로 받아치니 그는 자존심이 상했는지
금방 자리를 떴다.
나는 덤덤히 친구와 함께 그 밤의 시간을 이어갔다.
자리를 뜰 줄 모르는 사람들 속에서 행복에 젖은
시간. 하늘을 바라봤을 때 제일 빛나는 것은 슬프게도
인공위성이었지만, 마치 북극에서 흰 눈을 베고
누워 바라보는 우주처럼 그 모든 시간은 충분히
반짝였다. jeje

"지은아, 저 갤러리 되게 좋아 보인다. 들어가볼까?"
"글쎄……. 구경하고 싶긴 한데 너무 고급스러워 보여서
못 들어가겠어. 대머리 아저씨도 좀 불친절해 보이고."
"그래도 살짝만 한번 들어가볼까?"
"그래, 그러자. 난 상관없어."

"안녕하세요. 이 갤러리 주인이신가요? 사실 밖에서
조금 긴장해서 들어갈까 말까 고민했어요."
"그럴 리가요, 마음껏 둘러보세요. 2층에도 전시가
이어져요. 그런데 중국 분이신가요? 일본 분? 저는
여기 큐레이터예요."
"아, 그렇군요. 저희는 한국인이고 열흘 정도 파리를
여행하고 있어요."
"파리는 정말 낭만적인 도시죠. 이 갤러리는 작아
보이지만 사실 100년이 넘은 멋진 건물이에요. 안에
비밀스러운 정원이 있는데 보여드릴게요. 따라오세요.
지금 올라가는 이 계단은 하도 많은 세월 사람들이
지나다녀서 웅덩이처럼 파였죠. 아, 이곳은
지하인데 지금은 정리가 되질 않아서 좀 엉망이에요.
비밀 공간이지만 먼 길 오셨으니 보여드릴게요. 하하."

기웃거리는 우리에게 다가온 갤러리 주인아저씨는
지하를 공개해 아직 계획중인 전시까지 미리
소개해주고 내부 공원도 안내해주었다. 초대해준
파티에는 가지 못했지만 앞으로 마레 지구에 간다면
만날 아티스트가 한 명 생겼다. 어디를 가게 될지,
누구를 만날지, 무엇을 볼지를 전혀 가늠할 수 없어서,
좋은 여행.
갤러리 안 비밀스러운 정원. 우리 말고는 아무
관광객도 없는 곳을 우연히, 지속적으로 찾는 재미.
주말에 다시 만난 그는 테라스가 멋진 마레 지구의 한
카페에서 비싼 핫초콜릿을 사주었다. 길게 이어지는
이야기 때문에 맥주까지 추가로 주문했다.
그는 머리숱이 많은 남자 못지않게 매력이 있었고,
나의 여행은 누군가의 꼼꼼한 계획 못지않게
흥미진진했다. 시간에 따른 계획은 정해져
있지 않지만, 예상하지 못한 순간들로 인해
마음은 늘 콩닥거렸다. jeje

낯은 것을 대하는 자세

일요일의 파리는 고요했다. 열두시가 넘어 일어나길 반복했던 게으름을 뒤로하고 야심차게 알람을 맞췄는데, 결국 겨우 30분 정도 일찍 일어났다. 걸어서 15분 정도, 길을 헤매기를 몇 번, 땀을 닦아내기를 수차례, 파리의 벼룩시장에 도착했다. 블로그에서 숱하게 봤던, 볼 때마다 마음을 설레게 했던 벼룩시장은 북적이는 소리, 인심 좋아 보이는 아주머니들, 비좁은 가판대 사이를 비집고 들어가는 사람들의 흥겨움으로 눈앞에 펼쳐졌다. 예쁘고 귀중해 보이는 것들이 낡은 천 위에 자리를 차지하고 사람들의 손길을 기다리고 있다.

매의 눈으로 1920년대 빈티지 귀걸이를 두 개 골라 집었다. 호들갑을 떨지 않으려고 하는데도 쉽지가 않다. 자꾸 웃음이 새는 것은 벼룩시장에서 누구나 겪는 기분 좋은 질병일 것이다. 낡은 것은 주름이 지고 먼지가 쌓였지만 그 자체로 완벽하다. 유일무이하다. 그래서 좋다.

다음은 CD와 LP들이 뭉텅이로 섞여 있는 가판대. LP판을 마주하는 것만으로도, 손에 그 오래된 먼지를 묻히는 것만으로도 낭만적인 일이었다. 한참을 뒤적이다 내가 제일 좋아하는 뮤지컬 〈그리스〉 OST LP를 발견했다. 가격은 4유로. 동공이 커지고 손이 빨라지면서 다 닳아 눅눅해진 LP판을 꼭 끌어안고 오늘 두번째 호들갑이다. 벌써 좋아하는 것을 잔뜩 쥐어들었지만 끝까지 구경을 멈출 수가 없었다.

사람들이 모두 떠난 오후 시간까지 자리를 지킨
결과, 꿈에 그리던 가방을 찾을 기회가 왔다. 10 유로,
1930년대에 의사들이 들고 다니던 가방이라고 했다.
진찰기 서너 개는 거뜬히 들어갈 듬직한 공간, 낡아서
주름이 자글자글한 가죽에서 본연의 멋이 느껴졌다.
10 유로짜리 종이 한 장을 기분 좋게 건넸다.
판매자 아저씨는 선물이라고 엽서 두 장을
챙겨주셨는데, 매우 낡았지만 특별했다.
누군가에게 편지를 써주기도 아까워 여행 내내
캐리어 가장 깊숙한 곳에 넣어두고는 한국에
돌아오자마자 내 방에 붙여놓았다.
장난스러운 아저씨는 볼 뽀뽀를 했다. 단발머리를
한, 말도 안 되게 잘생긴 파리 청년은 라이터를 팔고
있었고, 일요일 아침의 햇살은 먼지를 감추려는 듯
오래된 그릇들을 비췄다. 영화 소품으로 써도 손색없을
값진 물건들을 얻었고, 누군가가 예쁘다고 말해줄
때마다 나는 그날을 떠올린다. jeje

때론 믿기지 않는 순간

"진짜 믿어지니? 우리가 고등학생 때부터 꿈꿨던
이 여행을 지금 하고 있는 거."

너는 나를 알고, 나는 너를 알고,
기뻐도 슬퍼도 언제나 함께.
나를 감당하는 단 하나의 친구와. 다른 키,
같은 옷에 같은 마음도 찍히길 바라며.
에펠탑 앞에 선 스물셋의 7월. jeje

탄산수 한 모금과 세 걸에서의 해답

며칠만 지나면 금세 일상이 된다. 파리도 며칠 만에
'내 동네'가 되어버렸다. 카메라 셔터를 누르는 횟수도
줄어들고 친구와는 뻔한 이야기를 한다. 그런 우리에게
한 가지 재미난 계획이 있었으니, 에펠탑 구경이나
마레 지구 쇼핑같이 누구나 하는 일 말고 좀 다른 거
없을까 해서 노트에 적어온 정보. "그곳에서 수영을
하면 센 강에서 헤엄치는 것 같은 느낌이 든다."

겉옷만 바로 벗고 수영할 생각에 옷 안에 수영복을
입고 머리도 감지 않았다. 땡볕에서 30분이 넘게
기다리고서야 수영장에 들어설 수 있었다. 셔츠와
청바지를 후딱 벗어던지고 수영장 표시가 있는
곳으로 들어가니, 강인지 수영장인지 모를 만큼 파란
직사각형을 마주했다. 안전요원은 수영모를 무조건
써야 한다고 말했다. 아끼는 수영복을 입고 반짝이는
귀걸이까지 치장을 마친 나에게 청천벽력 같은 소식.
어쩔 수 없이 그나마 예뻐 보이는 하늘색 수영모를
금값에 구매했다. 머리카락을 수영모 안으로 구겨넣고
드디어 입수.

'야, 저 남자 좀 봐'라는 말을 생략하고 팔꿈치로 친구
옆구리를 쿡쿡 찌른다. 친구는 놀란 얼굴로 나를 보며
엄지를 치켜든다. 서양 남자들은 도저히 나이를
가늠할 수가 없다. 영화 〈아이언맨〉에 나오는
로버트 다우니 주니어는 중년인데도 섹시하고 사랑에
빠질 것만 같은데, 파리는 그런 중년 남자들 천지다.
꽉 끼는 수영복 위로 펼쳐지는 파라다이스 같은 복근,
미묘하게 움직이는 근육들을 선글라스 안으로
부지런히 훔쳐보는 것만으로도 이 수영장은 파리
최고의 순간을 선사했다.

친구가 챙겨오자고 했을 때 입이 튀어나올 정도로
귀찮아했던 탄산수는 신의 한 수였다. 우리는 탄산수로
음주의 분위기를 즐기고, 선크림도 바르지 않고
잠이 들어 피부를 새까맣게 태웠다. 사실 수영을 잘
못하는 내가 할 수 있는 일은 적었다. 아이들이 가득한
얕은 물에서 어푸어푸하기, 조금만 깊은 곳으로
진입해도 금세 용기를 잃고 발에 쥐난 것처럼 겁먹어서
백인 초딩들한테 구조 당하기, 누가 봐도 허접한
물장구치기…… 고작 이 정도였다. 그렇지만 나는
분명 센 강을 수영했다 말할 수 있을 만큼 자유로움을
느꼈다. 수영을 싫어하는 나도 3시간 동안 땅 밟을
생각을 않게 할 만큼. 다음에는 더 큰 선글라스를 끼고
더 철저하게 훔쳐보고, 수영도 용기내서 깊은 곳까지
다녀오고 싶다. 비록 피부는 회복 불가능할 정도로
까매졌지만! jeje

별한 얘기

지금 나오는 노래에 집중해봐.
'그때 그 말을 할걸' 하지 말고 지금 해봐.
솔직히 또 생각이 들잖아.
우린 쉽게 조각나지 않을걸.
나만 보면 영감이 떠오를걸.
같이 안 있을 땐 징징거리던 그 짧은 턱이 생각나고
은근히 섹시한 흰 셔츠가 기억날걸.
너도 모르게 내 생각 하게 될걸.
숨기려 해도 결국엔 사랑일걸.
뻔한 얘기를 해보자.
그래도 결국 그건 사랑일걸. jeje

전시장인 줄 알고 들어섰던 공간은 책방이었다.
예쁜 옷을 누가 나 대신 채가지 않을까, 획기적인
세일들에만 한껏 들떠 있었던 스스로가 창피해졌다.
차분함으로 가득찬 공간은 찬찬히 둘러볼수록
더 매력적이었다. 사람들은 모두 각자만의 조용한
흥분에 몰입해 있었다. 그 어떤 것도 따라하지 않은,
독보적인 공간. 필요 없어 보이는 공간은 조금도
허락되지 않은 듯 군더더기가 없다. 좁은 공간에까지
몇 장의 CD와 작가들의 작품이 프린트된 에코백들이
자리를 차지하고 있다. 그 모습 또한 꽤 예술적으로
다가왔다.
참신한 말은 나오지 않았다. 그저 '좋다'라는 말만을
끝없이 반복하다가 낮은 숨을 내쉬며 조용하게 흥분을
가라앉혔다. 놀라울 만큼 저렴한 가격에 흔히 접하지
못했던 실험적인 내용의 예술 서적들을 팔고 있었다.
우리나라에서는 늘 턱도 없이 비싼 가격이라 사고 싶은
디자인 책이나 사진집을 아쉬운 마음으로 내려놓던
내 모습이 문득 떠올랐다.

엽서 다섯 장을 시간을 들여 소중히 골라낸다.
한 장당 1유로. 그러나 굳이 한국 돈으로 환산해볼
필요는 없다. 어떤 값이든 기꺼이 치를 만큼 이 공간은
이미 큰 영감을 주고 있다. 그 작은 공간을 네 바퀴쯤
돌았을 때 모퉁이에 쌓아놓은 CD들이 눈에 띄었다.
결국 좋아하던 영화의 OST 앨범을 5유로에 건졌다.
반값으로 세일하던 책들도 무릎을 굽히고 살펴보다가
취향에 꼭 들어맞는 작은 동화책 한 권을 꺼내들었다.
책방 주인은 윤기 나는 단발머리에 리넨 셔츠를
부드럽게 소화한 잘생긴 남자. 애써 고른 엽서 다섯
장과 CD 한 장, 동화책 한 권을 하얀 종이봉투에
정성스럽게 담아준다. 그가 지어 보인 미소와
정성스러운 손길까지 모두 담는다. 차분하지만 열정을
잃지 않은 책방을 나서며 이제는 작동도 되지 않는
CD 플레이어가 떠올랐다. 이곳에서 산 CD의 곡들은
지금 곧장 들을 수 없다. 하지만 괜찮다. 한국의
집에서 이 곡들을 들으면 떠오를 파리의 시간이 내게
있으니. jeje

파리는 공기부터 달랐다.
로마도, 피렌체도, 우릴 이렇게
흥분시키지는 못했다.
오로지 파리만이 줄 수 있는
고조된 분위기와 흥분이었다.

일주일간 우리의 숙소는 그야말로 엉망진창이었다.
키를 잘못 돌리면 30분이고 1시간이고 낑낑대며
매달려야 하는 낡은 현관문에, 네 마리의 고양이가
생산해내는 악취까지 온전히 우리의 몫이었다. 고양이
털에 숨이 막혀 집에서는 창문을 다 열고 짧은 잠만
겨우 잤다. 다행히 여름날이라 밤에도 춥지 않았고
해는 느지막이 사라졌다. 고양이 털에 고생할 걸
알았는지 어쨌는지 신의 축복처럼 집 바로 앞에는
숲처럼 거대한 공원이, 또 그 옆엔 슈퍼마켓과 카페를
두루 갖춘 넓은 광장이 있었다. 밤이 되면 아이들이
천사처럼 뛰어놀았다. 어느 집 자식 할 것 없이 각자
제일 편한 원피스 하나씩을 입고 나와 까르르 웃음을
터뜨리며 술래잡기를 하는 모습. 조금 더러운 분수
물도 아이들에게는 상관이 없다. 갈색 머리 자매는
샌들을 신은 작은 발을 퐁당 담그고 있다. 자전거를
타는 남자아이들은 작은 몸집에 제법 날쌔다.

동네 성당은 집에서 바로 코앞. 걸어서 3분 거리.
집에서 창문을 열면 싱그러운 공원 너머로 쉽게 조망할
수 있는 곳. 삼각형에 큰 직사각형이 붙은 모양으로
위에서 내려다보아도 근사하다. 성당 특유의 딱딱한
의자도 좋다. 신성한 공간임을 증명하는 듯 탁 트인
천장과 계절에 상관없이 시원한 온도가 마음에 든다.
파리에는 성당이 많다. 마음이 답답할 때면 언제든지
기도로 고민을 해소할 공간을 가질 수 있다는 사실이
부럽다.

스테인드글라스에 고여 있는 형형색색의 물감들이
햇살에 맞닥뜨리면 대리석 바닥은 그 색채로 물이
든다. 건축 양식은 웅장한 듯 보이지만 하나하나의
문양은 매우 소박하다. 너무 더운 날에는 아무도 없는
성당에서 낮잠을 잤다. 신부님한테 걸려서 쫓겨나는
것이 아닌지 불안했지만 아무도 우릴 깨우지 않았고
드높은 천장에서 내려오는 바람은 에어컨 바람보다
청량했다. 이곳에서 드리는 기도가 좋았다. 여행하는
동안 잘 지켜달라는 단순한 기도를 넘어 멀리 있는
가족과 친구를 위한 기도. 그곳에서의 기도는 편안하고
아름다웠다.

밤이 되면 지극히 일상적인 풍경이 매일 색다르게 나를
압도한다. 밤이면 동네는 중심가처럼 북적인다. 가족
단위의 방브 사람들이 저마다 잘 익은 스테이크를
썰거나 느끼한 냄새가 풍기는 스파게티를 포크에 감고
있다. 어려 보이는데 담배를 피우고 있는 청바지 무리와
스냅백을 쓰고 스케이트보드 위로 바람을 가르는
귀여운 남학생들의 모습도 보인다.
이런 풍경에 나와 친구의 대화도 퍼즐 한 조각을
더한다. 친구는 이런저런 이야기를 털어놓았다.
꼴불견이라는 그녀의 친구를 대신 욕해주거나
고등학생 때 있었던 사소한 에피소드들을 함께
떠올리며 웃기도 했다. 그 모든 풍경은 고양이 털에
진절머리가 났던 우리에게 청량감을 선사하는,
이미 나의 '동네' 같은 것이 되어 있었다. *jeje*

궁금에 대하여

1

한참 동안 들여다보았다. 희고 밝다. 모든 벽이
투명하리만큼 하얗고 먼지나 낙서는 흔적도 없다.
햇빛이 지고, 닿고, 비침에 따라 밋밋한 흰 벽에도
무늬가 생긴다. 벽에는 그림을 걸지만 여백에는
햇빛이 담긴다. 사람들은 책에 얼굴을 파묻고 예술을
동경한다. 대단한 작품을 걸어놓기 위해서는 그 공간
또한 대단한 수식어를 가져야 한다. 퐁피두, 좋은
전시를 담아내는 참 적절한 그릇.

2

여행에서는 뭐가 그리 피곤한지 꼭 낮잠이 필요하다.
특히 파리의 햇살은 나를 달콤한 무기력함 속으로
몇 번이고 빠뜨렸다. 꾸벅꾸벅 졸다 머리를 박고 마는
닭처럼 말이다. 미술관, 오디오를 듣는 섹션에서
헤드폰을 끼고 예술 영상을 클릭해보다가 잠이 들어
한 시간을 꼬박 졸았다. 서점에선 그토록 열을 내어
책을 보다가 정작 돈을 내고 올라온 전시관에서는
졸음만이 나를 반긴다. 침을 흘리며 졸고 있던
내 모습이 너무 웃겨서 혼자 킥킥대다가 끼니 걱정을
시작한다. 가끔은 유명한 작품보다 이런 게으름이
더 오래 기억에 남는다.

#3

퐁피두 1층에 위치한 서점, 이곳에서만 거의 세 시간을
보냈다. 특히 장 미셸 바스키아는 압도적이어서 책을
덮는 것이 용서가 안 됐다. 소름 돋는 아티스트들이
줄지어 눈에 띈다. 어떤 책을 펼쳐도 새롭다. 똑똑한
것보다, 이성적인 것보다 그냥 느끼는 대로 저질렀는데
천재적인 것. 혼자 방구석에서 그림을 만들고 있었는데
어느 날 그 천재성을 누군가 딱 알아보는 것. 그래서
천재라는 말도 있는 거겠지 싶다.

스스로 남보다 조금은 더 깊은 애정과 관심을 지녔다고
생각했지만 그것이 내 오만이었고, 눈앞에 별천지처럼
펼쳐진 예술의 글자들 앞에서 나는 너무 부족한
사람이었음을 깨닫는다. 무지함이 수많은 책들 앞에
발각되는 순간.

어떤 작품이든 몇 십 분 동안 눈길을 못 거두게 만들고
잠들기 전까지 생각나게 하는 것은 단숨에 그려낸 쉬운
그림이 아니다. 또 어떤 작품들은 누군가에게 목숨과
맞바꿀 만큼 아름답게 다가간다. 그들의 예술과 명분에
비하면 나는 절대 그런 천재가 아니라는 것을 깨닫는
오늘. 충격을 주는 미술을 만들려면 충분히 미학을
공부해야 하고 내가 먼저 충격 받아야 한다는 점.

배웠다. 2시간 반 동안의 조용한 흥분 속에서.

#4

전시를 모두 꼼꼼히 보았다고 거짓말하고 싶지는 않다.
미술관은 영감을 얻으러 가는 곳이지만,
누군가에게는 그저 텅 빈 공간을 즐기러 가는
것일 수도 있으니 집중을 강요할 필요는 없다.
서점에서 우연히 집어든 사진집에서든,
화장실에서 마주친 여자의 옷차림에서든,
카페에서 생각나 적은 문장의 한 귀퉁이에서든
하나라도 새로운 것을 느꼈다면 그것으로 충분하다. jeje

완벽한 타인과의 저녁식사

집에서 나오니 공기가 맑아서 살 것 같았다. 그 예쁜
집을 고양이 털과 똥 냄새로 썩히고 있는 것이 좀처럼
이해가 되지 않지만 우리가 어찌할 도리는 없으니
답답하기만 한 심정. 집에서 지내는 시간을 최소화하고
여름밤의 공기를 최대한 즐기기로 했다.

169번 버스를 타고 코렝탕 셀통Corentin Celton
역에서 내려 환승을 하려는데 6호선 에펠탑 방향이
공사중이다. 결국 남은 방법은 다시 버스를 타는 것뿐.
밤은 깊어갔고, 서둘러 다른 버스를 탔다.

반팔 티를 맞춰 입은 모녀도, 레게머리를 한 노숙자도,
물어본 사람마다 95번 버스가 분명 맞다고 했는데,
창문 밖에서 빛나는 에펠탑은 왜 자꾸만 모형처럼
작아지는 것일까? 불길한 마음에 터지지 않는
휴대전화만 만지작거리는데 옆자리에 앉은 동양인
아저씨 두 명이 말을 걸어왔다.

한국인처럼 보여서 한국어로 대답을 했는데 한 명은
베트남인, 한 명은 중국인이었다. 그들은 우리가
버스를 잘못 탔다고 설명해주었다. 친구와 내 입에서는
동시에 뜨거운 한숨이 쏟아진다. 그렇지만 꼭 에펠탑이
아니어도 루브르 야경이 예쁘다는 말을 그들은
덧붙였다. 우리는 마음을 비우고 버스에서 내리기로
했다. 비슷비슷한 규격에 볼수록 고풍스러운 파리의
주택. 버스는 온갖 건물들을 훑으며 달렸다. 그리고
마침내 광대한 아름다움이 나를 맞이한다. 에펠탑으로
가는 버스를 잘못 탄 것은 운명이었다. 밤 열한시,
루브르에 도착했다. Midnight in Paris 그 자체였다.

빨간색이라는 표현으로 대신하기엔 부족한
아름다운 붉은빛. 그 위에 금색 환희가 섞인 몇 천 개의
네모로 이루어진 루브르의 얼굴은 아름다움을 뿜냈다.
알맞은 규격, 거대하고 압도적인 예술의 삼각형,
그림자로 비친 수많은 사람들……. 그 분위기에 쉽게
빠져버릴 수밖에 없었다. 영화 속에 있는 것 같다는
황홀한 착각 속을 헤매는데 누가 등을 톡톡 친다.
돌아보니 아까 버스에서 본 남자 두 명이 서 있다.
사진을 찍어주겠다는 호의에 브이 포즈를 몇 번
취하고, 플래시까지 곁들여 다시 찍어주는 디테일에
몇 번 웃어 보이고. 이제 각자 갈 길 가자는 의미로
"어흐 부아!(잘 가요!)"라고 몇 번이나 외쳐도 그들은
계속 주위를 맴돌았다. 그러더니 결국 망설이던
그 말을 선물처럼 꺼내 보였다. "Would you like to
join us dinner?(같이 저녁 먹을래요?)"
이 말을 아저씨 뻘인 이 두 사람이 아니라 젊은
청년이 해주었다면 더 로맨틱했겠지만 불빛 가득한
루브르에서 완벽한 타인에게 저녁식사를 제안 받는
것으로 꽤 낭만적이었다. 낯선 사람들과 저녁 한 끼를
먹는 것은 늘 해보고 싶던 일, 그것도 파리에서라면
더더욱.

레스토랑은 사면이 다 대리석으로 덮여 있고 요리사는
유머러스했다. 말로만 듣던 달팽이 요리, 치즈와 빵이
종류별로 나오는 이름 모를 요리, 꿀을 섞었다는
프랑스산 맥주를 마음껏 즐겼다. 아이스크림에
신 과일과 파이가 더해진 마지막 디저트까지 완벽하게
마무리. 친구가 몰래 엿들은 음식값은 140유로,
한화로 약 20만 원어치다. 파리까지 와서 매일 라면과
즉석밥 아니면 샌드위치로 끼니를 때우곤 했는데,
오늘은 달팽이 요리는 물론 온갖 파리다운 음식들로
배를 채웠다. 맥주에 살짝 취기가 오른 채 그들에게
작별 인사를 전했다.
다시 파리의 거리를 걷는다. 새벽이었고, 챙겨 나온
리넨 셔츠를 걸치기 딱 좋은 온도였다. 그들이 비록
사랑에 빠질 것 같은 청년이 아닌 아저씨들이었음에도
철저히 낯선 사람들과의 우연한 만남, 그들이 자주
간다는 단골 식당까지 이어진 저녁식사는 어떤 영화
못지않게 만족스러웠다. 로맨틱한 파리의 밤,
낯선 기운. jeje

맥도날드 Hotel de ville점. 한국에서 멀어도 너무
먼 파리에서 일 년에 다섯 번 정도 발을 들였으니
나름 이곳의 단골이라고 생각하련다. 일단 커피를
한 잔 마시러 맥카페에 들어갔다. 다들 맥카페가
좋다고들 하는데 나는 맥드라이브에 데려가줄 차 있는
남자친구도 없고, 서울에서는 매일 가는 단골 카페에만
가서 맥카페는 근처도 간 적이 없었다. 그런데 파리에서
혼자, 맥카페에 오게 되었다.

들어서는 순간부터 눈독을 들였던 창가 쪽 명당이
마침 비어 있다. 자리를 잡고 캐러멜마키아토 한 잔과
바닐라 마카롱 하나를 주문했다. 주머니는 점점
가벼워져만 가는데 동전 몇 개만으로도 디저트까지
풀코스로 선사해준 맥도날드의 존재가 새삼 고마워서
눈물이 날 뻔했다.
비가 온다고 해서 챙겨왔던 재킷이 무안해질 만큼
햇살이 뜨겁다. 큰 통유리를 통해 들어오는 파리의
햇살은 시럽처럼 톡톡 내 커피 위로 떨어진다.
안 그래도 맛있는 커피가 더 치명적으로 맛있어진다.
통유리를 통해 지나가는 사람들을 구경한다. 온갖
인종이 다 모여 있는 파리에선 더할 나위 없이 좋은
취미 생활이 될 수 있을 것 같다. 이곳저곳 살피다가
계산대에 줄을 서 있는 프랑스 여자애들 무리가
눈에 들어왔다. 그중에서도 장난기 가득한 표정으로
친구들을 웃기고 있는 한 소녀. 검은 배낭, 모자가 달린
셔츠, 살짝 물이 빠진 청바지와 운동화, 긴 생머리를
가진 여자애였다. 화장기 없이도 한없이 맑고 예쁘다.
친구들을 웃겨 자지러지게 만드는 그녀의 불어에
귀를 기울여보며, 그렇게 파리의 맥도날드 속 시간을
보냈다. jeje

루브르에 가지 않아도 좋은 이유

스물셋, 파리에는 두 번 가보았지만 아직 루브르
박물관 안에는 들어가보지 못했다. 오랑주리도, 팔레드
도쿄에도 발자국을 찍지 않았다. 그러나 명성 높은
파리의 미술관들에 가보지 못한 것을 후회하지는
않는다. 마음을 움직인 단 하나의 미술관 때문이었다.
오르세 미술관은 자전거를 타고 센 강을 가른 뒤에야
모습을 드러냈다. 처음 갔을 땐 닫는 시간을 잘못 알아
헛걸음을 하기도 했었다. 며칠 뒤 벼르는 마음으로
다시 오르세 미술관을 찾아간 것이다. 이번엔 최대한
여유롭게 도착했다. 그러나 이 도도한 미술관과의
밀당에서 나는 완전히 지고 말았다. 2층에 들어선
순간부터 할말을 잃었기 때문이다. 사진을 찍듯
실물을 똑같이 그린 그림들은 아무리 유명하고 오래된
것이라도 내 마음을 흔들지 못했지만,
계단을 오르고 두번째 층에 다다른 순간 만난 고흐의
그림은 나를 완전히 무너뜨렸다. 가히 최고라고
말하겠다. 엽서에서만 보던 그림들을 그 질감 그대로
한 뼘 거리에서 보는 순간.
찢어지는 가난 속에서도 물감은 아끼지 않고 그려
몇 십 년이 지난 지금 내 눈앞에 있는 그림에서
금방이라도 에메랄드빛 물감이 흘러내릴 것만 같다.
이 색 저 색을 섞었다기보다 애초에 고흐의 손끝에서
색이 창조된 듯하다. 그가 빚어낸 아름다움에 내가
더할 수 있는 표현은 이뿐이지만, 서툰 듯 강렬하게
덧칠한 그의 붓질은 몇 십 년이 지난 지금도 누군가의
마음을 흔들고 있다. 별 헤는 밤, 마음 헤는 미술관. jeje

첫 여행

바르셀로나

BARCELONA

관히 여름날이 어느새

바르셀로나의 숙소 베란다에서는 사그라다 파밀리아 성당이 보였다. 층수는 4층, 문을 열고 들어가 엘리베이터를 타고 올라가면 복도가 긴 집이 나왔다. 짐을 풀고 밖으로 나갔다. 밤공기가 차더라도 우선 동네부터 탐색하는 건 여행 속의 작은 습관이 되어 있었다. 친구와도 잠깐 떨어졌으니 혼자인데다 휴대전화는 먹통, 지도는 당연히 없다. 유난히 소매치기가 많다는 말에 지폐 한 장과 동전을 주머니에 쑤셔넣었다. 가방은 누가 가져가도 걱정 없게 노트와 펜만을 챙겼다.

사람이 바글바글한 노천카페 말고 불빛이 어둡고 동네 사람들만 아는 카페를 찾아 나섰다. 벽돌 길을 따라 부지런히 걸었다. 저 카페엔 아저씨들만 너무 많고, 또 저 카페엔 커피가 맛없는지 사람이 유독 없고…… 돌고 돌아 다시 집 앞까지 와버렸는데, 뜻밖에도 집 앞에서 내가 원하던 카페를 찾았다. 메뉴판도 간단했다. 바리스타 언니는 딱히 친절하지 않았고, 분위기는 홍대 같기도 하고 인도 같기도 하고 국적이 분명치 않은 희한한 느낌이었다. 벽에 노랗게, 빨갛게 그리고 마무리는 파랗게 칠해진 동양적인 그림 때문인지 모르겠다.

밤공기가 아직은 차서 따뜻한 카페라테를 시켰다.
숟가락으로 몽글몽글한 거품을 저어가며, 입술에
거품을 묻혀가며 일기를 쓴다. 혼자여도 외롭지가
않다. 테라스에서 이야기하는 사람들을 바라보는
것만으로 좋다. 커피를 금방 비우고 맥주 한 잔을 더
주문했다. 때가 많이 묻은 천 가방에서 엽서를 꺼낸다.
일기를 다 쓰고도 시간이 남으면 생각나는 사람들에게
편지를 쓸 작정이다.
카페를 찾다가 본 여름밤의 놀이터는 몹시
유혹적이었다. 어떤 재촉도 없는 오늘밤, 집에 가는
길엔 꼭 놀이터에 들러야겠다. jeje

대충대충 덜렁대는 습관을 버리고 바짝 긴장해서 장을
본다. 주부처럼 꼼꼼하게 둘러보고 과일도 하나씩
만져보고 신선도를 체크했다. 결국 계산대에 내려놓은
건 소심한 수량. 복숭아, 자두, 오렌지 각각 하나씩이다.
아침에 간단하게 뭘 만들어볼까 하다가 스프를 만들어
먹기로 했다. 사실 할 수 있는 요리가 정말 별거 없다.
한국에도 흔히 있는 통조림 버섯 스프. 자두도 깨끗이
씻어서 예쁜 그릇을 골라 가지런히 올려두었다.
서툴지만 아침을 스스로 준비한다는 것은 기분 좋은
일이다. 천천히 아침을 먹고 베란다를 내다보며 날씨를
체크한다. 아침은 대부분 이렇게 시작된다. 편안하고
잠이 덜 깨어 있고 과일 향기가 상큼하게 나를 깨우는.
그런 아침을 보내고 밀린 잠을 개운하게 해치우고
나서야 대충 옷을 주워 입고 바르셀로나의 거리로
나선다.
주말에만 하는 분수 쇼는 반경 1킬로미터까지
시원한 소리가 들린다. 분수 소리는 역 앞까지 우리를
마중나왔다. 비눗방울을 잡으려고 웃으며 덤벼드는
아이들을 지나쳐 아직은 손바닥만 하게 작은 분수를
향해 걸어갔다. 분수 앞의 모든 사람들은 행복해
보였고 막역한 사람과 함께인 것 같아 보였다.

나 또한 예외가 아니었다. 불빛들이 갈 곳을 정하지
않고 그곳에만 모여 있었다. 저편에 노부부가
부둥켜안고 있다. 통통한 체구의 할머니를 꽉 끌어안은
할아버지의 변함없는 사랑이 멋졌다. 목마를 탄
금발머리 여자애, 친구들과 보드를 타는 장난꾸러기
소년들, 둥둥 뜬 분위기 속에 자연스레 섞여 있는 나.
꿈 같은 낮잠은 완벽한 하루의 예고편에 불과했나보다.
우리는 분수를 지나 언덕의 가장 높은 곳까지
올라가보기로 했다. 그곳을 채우고 있는 수많은
사람들과 멀리서도 영롱하게 빛날 분수를 내려다보고
싶었다. 힘들게 올라갔지만, 계단은 돌로 만들어져서
열대야에도 시원했고, 돌아다니며 맥주를 파는 사람
덕분에 목도 축일 수 있었다. 친구와 나는 그 밤에
있었다. 거기에 앉아 조금 촌스러운 가요를 들었다.
아무 말도 하지 않았다. 세련됨을 원하지 않는 투박한
순간이었다. 좋았다. 그냥. 어울리는 말이 있다면
그것뿐이었다.
시끄럽게 떠들며 병나발을 부는 청년들 사이에서
거리의 악사가 기타 연주를 시작했다. 모두들
조용해졌다. 한동안 그대로 조용했다. 무언가를
바라본다기보다, 시간을 보내고 있다는 느낌보다,
'빠져들고 있다'는 느낌. 우리는 밤에 빠져 있었다.
음악에 빠지고 밤늦게까지 끝나지 않는 분수의
물줄기에 사로잡히고 영원히 기억하고 싶은 순간에
정지 버튼을 잠시 누른 것. 바르셀로나의 밤은
그랬다. jeje

잊는 그래서의 마음

있는 그대로의 마음.
어떠한 왜곡도 없이,
어떠한 과장도 없이.
있는 그대로의 느낌
그리고 마음. jeje

숟가락으로 몽글몽글한 거품을
저어가며, 입술에 거품을
묻혀가며 일기를 쓴다.
어떤 재촉도 없는 오늘밤,
집에 가는 길엔 꼭 놀이터에
들러야겠다.

누가 보면 꾸며낸 줄 알지, 그만큼 놀라워.
네가 왔을 때 난 무식하고 못생긴 여자.
그렇지만 넌 완전한 발걸음으로 내 마음에
발자국을 내.
난 그때부터 순수한 에너지를 뿜어.
마음에 그림을 그려.
웬만하면 연두색이랑 살구색으로 점을 선을 만들고.
아무 때나 내 사진을 찍어봐.
아무 말도 하지 마, 해변에서 맥주를 마실 땐.
긴 밤거리를 걸을 땐 초콜릿을 먹을 거야.
한 블록에 하나씩만 내게 허락해.

유리창을 깨고 도망가자.
구름 모양으로 향초를 피우고
야자수라는 식물에 그 재를 주자.
네가 뿜는 연기는 무지개 색깔로 영롱하게 빛나고
난 네 애기를 빠짐없이 받아 적을 거야.
노트는 남아나질 않고
비가 올 땐 비를 맞자.
길거리에서 같은 사람을 욕하자.
예쁜 여자는 뒤를 돌아보지 마.
펜 말고 샤프로 글을 쓸래.
음식을 흘리고 일주일에 한 번은
말도 안 되게 새하얀 셔츠를 입을래.

우리만 아는 공간에 가서 눕자.
같은 음악을 계속 들을 거야.
이어폰이 빠져도 돼 그것도 음악일 거야.
넘어지고 다시 일으킬 땐
손 말고 허리를 감싸줘 그게 더 좋아.
제일 추한 네 모습을 내게 줘봐.
빛나는 네 눈빛을 던져봐.
새벽에 버섯볶음밥을 만들어.
나는 시금치와 밥을 예쁘게 담아.
네 입술은 내 입술에 딱 맞는 모양으로.

20년이 넘는 시간 동안 방황했고
너와 같이 있는 공기는 달라.
너와 함께 있는 것만으로도
인생은 너무 아름다워.
난 더 나은 공기에서 더 탁 트인 시선으로
모든 것을 사랑해, 우리를 사랑해.
너의 몸과 마음을 사랑하고
노트에 쓰인 네 이름을 보는 것만으로도
담배를 피우고 싶어지는걸. jeje

교통사고로 더 기능을 잃어버린

유명한 해변. 사람들 널브러져서 햇볕을 쐬고 있어.
장난기 가득한 저 아저씨. 어떻게 저렇게 뛰면서도
맥주를 떨어뜨리지 않는 건지. 피부는 벌써 다 탄
느낌이야. 이 해변에는 다른 사람 눈을 신경쓰지
않아서인지 섹시해 보이는 사람들이 많아. 비키니
상의를 풀어헤친 채 애인의 사랑을 듬뿍 받고 있는
그녀. 만약 이곳 이때를 즐기지 못한다면 무슨 이유가
있는 거겠지. 누군가의 시선을 의식한다는 것. 그건
자꾸 변명처럼 느껴져. 꼴뚜기 튀김과 상그리아를
먹었어. 해변에서 칵테일을 먹고 싶었지만 돈이
부족했어. 가난한 우리는 동전을 털어 간신히 저녁을
해결하고 바르셀로나의 싼 물가에 감사했지.

느지막이 일어나 밀린 일기를 쓰는 게 좋아. 여름에는
괜히 셔츠에 재킷을 입는 가을을 떠올리곤 해.
그렇지만 좋은 대화가 가득한 이 여행지에서는
어떤 계절도 떠오르지 않아. 청춘이라는 말이 참
오그라든다고 생각해왔지만 이 도시에 대해서는
그 단어 말고 생각나는 말이 없어. 성급한 결정들은
모두 이 도시의 탓이야. 후회하지 않지만 다소 병신
같았던 나의 모습을 반성하긴 해. 현기증이 날 만큼
어리석었던 것은 그 누구의 탓도 아니고 누군가에겐
너무 버거운 '나'라는 사람의 형태일 뿐이야.
그 사실만은 변하지 않아.

여행은 끝이 나고 한국으로 돌아가는 길은 기쁨이
가득하면서도 절망적이야. 때론 아주 강력한 시간들도
기억상실증처럼 기억이 나질 않거나 날짜가 지난
달력처럼 쓸모없게 느껴지지. 그 도시가 딱 그래.
그 도시에 대한 착각, 꿈꿨던 여행은 상상하지 못한
방향들을 타고 끝이 났어. 그녀는 이렇게 마음을
다 드러내놓고. jeje

다시 한국이다. 여행 전 알바 때문에 매일 탔던 버스를
오랜만에 탔다. 버스기사 아저씨가 "아, 키 큰 아가씨!
유럽은 잘 갔다 왔어?" 하고 물으신다. 아저씨의
물음이 제법 정겹다. 무엇보다 나를 기억해주신 것이
감동적이다. 유럽에 가기 전, 매일 졸린 눈으로
이 버스에 올랐다. 아저씨와 잠깐씩 나누던 6월의
대화가 기억났다. 그 대화가 그때도 지금도 나를
행복하게 했다.

여행을 궁금해하는 친구들이 많았다. 여행 후엔
쉴새없이 친구들을 만났다. 알바로 벌었던 돈은
여행에서 다 쓰고 왔으니 당연히 돈이 없었다. 그래서
친구들 생일에는 직접 그린 그림과 꽃을 선물했다.
만나기로 한 카페에 조금 일찍 도착해 편지를 쓰는
것이 일상이 되었다. 스케치북을 북 찢어 편지를
썼는데, 그때 듣던 노래, 공기, 마음까지 다 담고 싶어
커다란 면을 가득 채우곤 했다.

책을 잔뜩 사서 쌓아두고 천천히 읽었다. 영화 〈비긴
어게인〉을 보았고, 이 영화를 보지 않은 친구들을
구박했다. 집에 돌아가면 엄마에게 비싼 커피값에
대해 구박을 들었다. 그런데도 매일 카페에 갔고
비싼 커피값에 욕을 하면서도 오천 원을 지불하고
카페라테를 시키고 몇 시간 동안 글을 썼다. 지난
여행을 곱씹는 것만으로 괜찮은 여름이었다.

모든 것은 전화 한 통으로 시작되었다.

그 전화가 온 날은 유난히 바람이 좋았다. 카페에 앉아
친구에게 편지를 쓰다가 받은 뜬금없는 전화. 겨울에
먹는 아이스크림처럼 왠지 끌리는 맛. 런던에서 패션을
공부하고 있는 지인을 둔 언니의 연락이었다. 혹시
또다른 여행 계획이 있다면 재워줄 수 있다고
런던에도 한번 들르라는 것이었다. 그녀가 무심히
던졌을 수도 있는 그 말 한마디는 내 두번째 여행에
힘을 실어주었다. 미루고 싶지 않았다.

"갈게요 언니!"

모든 상황은 생각보다 빠르게 전개되었다. 한 달간
아르바이트한 돈을 가불 받아 65만 원을 주고 가장
싼 런던행 비행기를 끊었다. 수중엔 비행기 표 값을
뺀 나머지 60만 원과 급하게 만든 신용카드, 4일간의
숙박권뿐이었다. 특별한 이유는 없었다. 확신은
조용하게 자리잡았다. 런던 비행기를 끊은 뒤 엄마에게
통보하듯 말했다. 중요한 건 용기와 실행 능력,
그뿐이었다.

Centre Pompidou

베란다에 방치해두었던 캐리어를 다시 꺼내고 먼지를
털어냈다. 짐을 최대한 줄인다고 생각했는데 결국
말뿐이고 가을의 런던을 기대하며 아끼는 옷 여러 벌을
챙겼다. 야구 점퍼 하나, 가죽 점퍼 하나, 트렌치코트
하나, 좀더 두꺼운 코트 하나……. 니트는 색깔별로
넣고 바지는 검은 계열로 통일했다.
머플러와 좋아하는 털모자 또한 빼먹지 않았다.

아이팟도 여행 필수품이다. 웬만하면 최신곡을 넣지
않는 것이 나만의 원칙. 이 기기의 업데이트는 이천년대
초반에서 멈추어 있다. 고등학생 때 처음 접한
인디밴드들 노래 몇 곡, 지오디, 스티비 원더, 퀸, 스팅,
비틀스의 명곡들이 오랜 시간 플레이리스트에 자리를
꿰차고 앉아 있다. 그래도 조바심이 나지 않는다.
수없이 업데이트를 강요당하는 세상에서 나 하나쯤
한 발짝 느려도 좋다. 노트북에 프랑스 영화 한 편과
좋아하는 예능 프로그램을 담고, 선물로 받은 책
한 권도 가방 한쪽에 넣었다.

혼자 하는 여행은 처음이었다. 비행기에 몸을 실은
그 순간부터 수많은 생각들이 노트와 마음을 채우기
시작했다. 과잉된 기대는 조용한 흥분에 '온 에어'
버튼을 눌렀다.

어디로 향해 가고 있는 걸까? 우린 뭐가 될까?
철없는 우리가 자신을 향해 항상 던지는 질문들이었다.
그리고 철없는 대답 또한 알게 되었다.
우리는 서로에게로 가고 있었다.
우리는 우리 스스로가 되었다.

—패티 스미스『저스트 키즈』

다시 여행

런던
LONDON

서둘러 공항에 도착했다. 공항에서 파는 심카드는
터무니없이 비싸서 사지 않았다. 하지만 걱정은 없다.
통신망 없이 버텼던 유럽에서의 한 달이 내겐 있으니까.
왠지 모를 자신감이 있었다. 무턱대고 선택한 일이니
이런 자잘한 일들은 더 무턱대고 헤쳐나갈 필요가
있다.

"엄마, 안녕!" 배웅 나온 엄마와 작별. 혼자 하는 비행은
처음인데다 떨리는 마음을 부산스럽게 공유할 사람이
옆자리에 없다는 것이 낯설다. 시큰둥하고 외롭기보단
그냥 좋다. 모든 것을 스스로 결정하고 책임져야 할
이 상황마저 좋다.

"지혜 멋져." 네 글자뿐인 엄마의 문자 메시지는
신뢰와 사랑, 그 모든 것을 하나로 묶어 비행기에
혼자 오른 스물셋의 마음에 착륙했다. 수중의 현금은
60만 원뿐이다. 신용카드를 긁는다 해도 결국 내
통장에서 결제가 되니, 결국 쓸 수 있는 돈은 백만
원 남짓. 돌아오는 비행기 표는 끊지 않았다. 찌질한
눈물이 감히 내 뺨에서 중력의 법칙을 따라 멋대로
흘러내린다.

옆자리 여자가 말을 걸었다. 그녀는 러시아인이지만
런던에 살며 변호사라 한다. 변호사인 것을 알고 나니
어쩐지 조금 다르게 보인다. 아이패드로 메일을 읽으며
레몬티를 마시는 모습이 굉장히 지적이고 사무적으로
보이면서도 매력적이다. 혼자 있으니 조용히 흥분할
일들이 더 많이 생긴다. 아주 은밀한 흥분. 정말
매력적이라고 생각하는 사물이나 사람, 배경을 볼 때
그걸 누군가에게 가벼운 수다로 전하지 못하니 결국
글이나 그림으로 옮기게 됐다. 그 과정이 흥분된다.
보는 것보다, 말하는 것보다 배로 흥미롭다. 누군가와
함께였다면 "멋지다!"라는 한마디로 치부해버렸을
지극히 이국적인 상황들을 나의 언어로 표현하는 것이
마음을 자극한다.

런던까지는
이제
두 시간이 채
남지 않았다. jeje

아무 카페에나 들어가 앉아 런던의 얼굴을 관찰한다.
커피 한 잔을 테이크아웃해서 달려가는 여자는
주황색 바지가 잘 어울린다. 발이 유난히 큰 할머니,
파란 도트 셔츠와 딱 붙는 청바지를 입은 그녀는
빗질은커녕 감지도 않은 것 같은 머리를 질끈 묶었다.
금발 파마머리 남자는 약속 시간에 늦었는지 후다닥
달려가는데도 새집 같은 머리에 꽂힌 선글라스는
꼼짝도 하지 않는다. 낡은 트렌치코트 안에 보라색
터틀넥을 입은 중년 여자는 화장기 없는 얼굴이지만
노트만 한 분홍색 가방으로 멋을 더했다. 앞코가 닳은
농구화를 신은 흑인 청년, 길목에 서서 초조하고도
사랑스러운 표정으로 애인을 기다리는 원피스 차림의
아가씨…….

마음에 드는 카페를 하나 고르면 무작정 들어가
앉는다. 햇빛이 좋아 안에 앉긴 아쉬우니 추위를
감내하고 무조건 테라스 자리를 선택한다. 김이
모락모락 피어나는 뜨거운 음료와 늦은 점심 메뉴를
주문한다. 커피를 몇 모금 넘긴다. 이것이 런던의
첫 느낌이다. 북적이는 중심가의 텁텁한 공기도 나쁘지
않다. 눈앞으로 빨간 이층 버스가 지나간다.
사람들은 친절한 것 같다가도 한없이 무정해진다.
흐린 날씨에 우울해지다가도 조금만 햇살이 비추면
얇은 옷차림으로 나가 런더너인 척 간만의 빛을
만끽하는, 런던 생활이 시작되었다. jeje

이야기에 담긴 세계 속으로

창문을 열면 런던의 밤공기가 코에 닿는다. 그러나
냉장고에는 삼겹살과 김치가 있다. 언니의 집이다.
아침이면 언니가 만들어주는 녹차 라테로 졸린 몸을
깨우는 것이 이 집의 느슨한 법칙이다. 학교 갈 준비에
분주하더라도 아침밥은 꼭 챙겨 먹는 언니 덕에 나까지
살이 찔 만큼 호화로운 아침을 누렸다.

사흘로 정해져 있던 시간, 모르는 사람으로 발을
들였던 그 하얀 집은 결국 내게 두 달이라는 시간을
허락했다. 내가 혼자 외출이라도 하는 날이면, 언니는
먹을거리를 사왔다며, 닭볶음탕을 해주겠다며 빨리
집에 와서 재잘거려달라는 따뜻한 문자를 보냈다.
집에서 나를 기다리는 엄마 같은 그녀 덕분에 11월의
런던은 춥지 않았다. 불 켜진 집에 들어가는 기분은
늘 따뜻했다.

나에게 허락된 것은 그녀의 방 한편의 푹신한 소파 그리고 새벽마다 이어졌던 대화였다. 전에 살던 사람이 두고 갔다는 고급스러운 대리석 책상에 맥주 한 병씩을 마주 놓았다. 언니는 침대에, 나는 소파에 널브러져 오래 이야기를 나눴다. 두 사람 중 누군가 먼저 곯아떨어지기도 했다. 그 방에 언제나 긴긴 대화, 고요한 새벽, 서로 다른 생각 그리고 맥주가 있었다. 처음 보는 사람을 방에 들이는 것에 대해 고민이 많았을 언니에게 나는 꽤 괜찮게 다가갔나보다. 언니는 고마운 일들만 선물처럼 건네주었다. 한 달 내내 계속된 밤의 대화는 내 생각의 틀을 산산조각 냈다. 나 혼자라면 완벽하게 풀어낼 수 없었던 생각들이 선명하게 변해가는 것을 확인하는 순간들. 서로를 완전히 이해할 수는 없지만 각자 살아온 순간들을 나누는 것은 삶의 궤도를 넓혀주는 일이었다.

여느 날처럼 대화가 오가던 밤,
각자 노트를 꺼내 끼적이고 맥주를 한 캔씩
더 꺼내오는 행동의 반복.
언니는 문득,

이 밤을
녹음하고
싶다고
말했다. jeje

사람들이 붐비는 거리. 궁금증을 이기지 못해 발길을
멈추었다. 수많은 사람들의 어깨 사이를 비집고
들어가 섰다. 내 귀에 흘러들어온 음악은 비틀스.
그 음악에 빠져 한참을 서서 듣다가 문득 시계를
들여다보니 20분이 지나 있다. 긴 머리 보컬은 마지막
곡을 시작한다. 추운 날씨 탓인지 공연을 보는 내내
몸이 떨렸다. 홍대 거리에서도 공연하는 수많은
음악을 들어왔지만 쉽게 발걸음을 멈추게 하진 못했다.
익숙해서인지, 취향이 아니어서인지는 몰라도 조금
천천히 걸으며 고개를 돌려 살짝 구경에 동참하는 것,
늘 거기까지였다.
그러나 런던의 뮤지션들이 나를 20분 동안 덜덜
떨며 서 있게 했다. 왠지 모를 기분 좋은 긴장감, 멋진
뮤지션의 음악을 공짜로 누리는 황홀함. 그들이 나를
꽤 여행자답게 만들었다. 음악에 대해서는 무지한
나지만, 그들의 뜨거움만은 분명히 느낄 수 있었다.
그들에게 음악은 삶의 목적이었고, 내게 그들은
2014년에 우연히 마주한 비틀스였다. 어떤 시선도
의식하지 않은 음악, 거리에 울려퍼지는 젊음의
서사. 그들을 만난 후 나는 매일같이 아이팟에 담겨
있는 비틀스와 존 레넌의 음악을 무한대로 반복
재생했다. jeje

이 순간에 집중해야 한다. 쉽게 오지 않는, 상당히 품격
있고 특별한 순간이다. 그 순간은 여행에서 무턱대고
나를 찾아온다. 소음과 매연, 그날 온도에 맞는 빛이
메운 바쁜 도시 속에서 오로지 내 표정만이 또렷하다.
눈을 동그랗게 뜨고 관찰한다. 표정이 없는 일상
속에서 나만 별일 있다는 양 크게 소리 내어 웃거나
갑작스럽게 눈물을 흘리는 것.
여행은 마음의 문제. 여행하는 마음만 있다면 거리로
나가 도시 사람들의 흔한 발걸음 속에 섞여 걸어가도
전혀 평범하지가 않다. 들뜬 걸음 탓에 벅찬 마음을
자꾸 들킨다.
늘 전체를 보는 사람이기를, 일상이 여행인 사람이
되기를, 어떤 것을 봐도 특별함을 주입할 수 있는
사람이 되기를 스스로에게 바라며, 식은 커피만
붙잡고 있다. jeje

빠끔거리는 것, 막 그쯤

위태롭게 흔들리는 눈빛에 아무것도 물어보지 못했다.
하지만 나는 알고 있었다.
냉수 한 병으로 채워지지 않는 그 무엇이기에
너는 계속해서 담배 연기만을 만드는 것인가.

너는 나를 사랑하지 않고
나는 너의 담배 냄새를 맡고 싶다.

어차피 네가 가위를 내면 난 보자기를 낼 텐데.
애정이 담긴 자동적인 반응은
우리 사이에 아무런 도움도 되지 않아,
아무 말 없이 연기 속에 기억을 덮는다.

너는 어디에 있을까.
불빛에 속은 걸까 눈빛에 속은 걸까.
빗길에 녹아든 사랑이라는 착각.
가짜로 뻐끔거리는 연기, 그 속에 그대가 있다. jeje

늦은 점심, 갤러리 1층의 카페를 좋아한다. 광화문에
있는 카페 겸 레스토랑. 깨끗한 벽에 통유리. 창문을
통해 스며드는 햇살. 미술관의 모습을 간직했지만
사람들의 수다와 갓 만들어진 요리로 활기가 넘치는
그곳.
런던 소호 언저리에 위치한 갤러리는 서울의 그곳과
많이 닮아 있었다. 들어서자마자 표를 파는 곳이
보이고 코끝을 자극하는 커피 냄새와 햇살이 쏟아졌다.
익숙한 모습이다. 나도 천 가방을 더 단단하게 고쳐
메고 커피를 주문하러 간다. 저마다의 대화에 빠진
사람들을 구경하다보니 기다리는 짧은 시간마저 절로
웃음이 난다.
커피와 간단한 식사를 모두 포함해 10파운드 이내에
즐길 수 있는 정도로 가격이 착한 곳이다. 핫초콜릿
한 잔을 주문하고 창가에 자리를 잡았다. 늘 노트에
적어놓기만 하고 미뤄두었던 일들에 대해 생각한다.
묵혀두었던 체크리스트를 꺼내 확인하고 하나씩
시원하게 줄 그어간다. 막 나온 핫초콜릿에 입술을
댄다.
흰 벽에 자잘하게 쓰인 글을 들여다보니 갤러리에서
매주 열리는 사진 수업 스케줄이 적혀 있다. 'My
favorite photo'라는 주제의 수업에는 꼭 참여해보고
싶다는 생각을 했지만 막상 그때도 계속 런던에
있을지는 미지수였다. 아쉬운 마음을 달래는 것도
스스로의 몫이었다.

잠깐 바람을 쐬고 들어갈 겸 밖으로 나왔는데,
옆에 앉아 있던 커플이 몰래 내 사진을 찍어
창문 너머로 보여주었다. 얼른 자리로 돌아와 인사를
나눴다. 그는 잠시 런던을 여행하고 있는 사진작가였다.
"서울에 가려고 했는데, 서울엔 그런 미술관이
있다면서?" "도쿄랑 비교하면 어때?" "너는 무슨 일을
해?" 그는 이런저런 질문을 쏟아냈다. 단발머리인
그는 머리카락을 열심히 넘기며 내 이야기를 경청했다.
시선을 피하지도 딴짓을 하지도 않았다. 우리는
언젠가 다시 만나기로 약속했다. 허망한 약속임을
알지만 커피를 내려놓고 마주했던 이야기들은 결코
헛되지 않다는 것도 안다. 우연을 가장한 운명.
하루에도 몇 번씩 오는 순간들을 나는 놓치고 싶지
않다. 물론 이렇게 흥분되고 기분 좋은 순간들이
여행이라고 꼭 매번 찾아드는 것은 아니다. 나에게
허락된 것은 오로지 가격 없는 햇살뿐. 그래도 그와의
만남 이후 나는 혼자 거리를 돌아다닐 때마다, 햇살이
쏟아지는 카페에 앉아 핫초콜릿에 입술을 댈 때마다
이런 만남을 기대하곤 했다. 약간의 긴장감, 주체하지
못할 그런 흥분도 '나 자신'이라는 생각이 문득 들었다.
모든 사람이 늘 차분할 필요는 없다. 생각보다 먼저
뛰는 심장을 자제시킬 필요도 없다. 자기 흥을 못 이겨
잠시 몸을 흔들어도 좋다. 어리석고 비합리적일지라도
나 자신이 되는 것이 중요하다.
사람들은 여전히 시끄럽고 나는 혼자 놓여 있다. 말을
나눌 사람은 없었지만, 혼자만의 흥분을 간직한 채
수없이 표현을 바꾸며 써내려간 글은 어떤 수다보다도
값진 것이었다. jeje

나에게 허락된 것은 그녀의 방
한편의 푹신한 소파 그리고
새벽마다 이어졌던 대화였다.
여느 날처럼 대화가 오가던 밤,
언니는 문득, 이 밤을
녹음하고 싶다고 말했다.

청춘 노트

#

'청춘'이라는 흔한 말을 설명해보라는 질문을 받았다.
나는 '꽃 같다'고 답했었다. 흔들리고 나약하지만
동시에 선명하다고. 스물세 살이다. 고작해야.
어떻게 될지는 아무도 모른다. 분명한 한 가지는
'색'이 중요하다는 것. 색은 점점 더 짙어지고 비가
오면 올수록 선명해질 것이라는 것. 오는 비에도
몸을 젖혀가며 자연스럽게 스스로를 드러낼 수 있는
사람이고 싶다.

#

네 자신을 초라하다고 생각하면 실제로 네가
초라해지는 게 아니야. 그런 생각 자체가 초라한 거야.
네가 누군지는 너 스스로 정의해.
누구도 대신 말해주지 않아.

\#

지금이라는 시간은 무얼 해도 '흑역사'다.
지금 누군가에게 오늘이 최고라고 말해도 조금만
지나면 더 좋은 날이 나타나고, 모든 게 무색해질
것이기 때문이다. 기록을 남기는 자는 무모하다.
한 달만 지나도 다시 보기 싫고 창피하다. 어이없게
확신했었다는 생각이 들 것이다. 하지만 써야 한다.
흑역사를 만들어야 한다. 모든 것은 사라진다.

\#

글도 그림도 우리를 구원해주진 못한다. 다만 자기가
무언가 창조하고 싶어 못 견딜 때, 펜을 쥐어 선을
그어낼 때, 그 끝에 진짜 자신이 있다. jeje

청바지에 껌이 묻어도 좋다

바닥에 철퍼덕 앉아 그림을 그린다. 모습은 제법 편안해
보이지만 어떤 작업실에서 못지않게 그와 그녀는
집중해 있다. 손가락은 오로지 펜과 붓에 의해서만
움직인다. 다른 모든 것은 내려놓은 최고조의 집중.
투명하고도 무서운 그 집중엔 근사한 작업실도 값비싼
캔버스도 필요 없었다. 런던의 자유로운 공기와 청바지,
바닥에 털썩 주저앉을 수 있는 날씨, 담고 싶은 거리의
풍경. 그것이면 더할 나위 없다. jeje

2014년 11월 15일, 런던, 23살.

런던에 온 지 딱 한 달이 되는 날. 쌓여 있는 것들을
정리하다가, 잃어버렸던 좋아하는 향의 립밤을
찾았다. 그렇게나 좋아하던 것이었는데 더 좋은 것이
생기니 새까맣게 잊었었다. 조금 무서웠다. 변해가는
것이. 사소한 것일지라도 영원하다고 믿었던 것들이
변해가는 것.

나는 언제든 다시 떠날 사람처럼 짐을 꾸려두곤 한다.
내 몸집만 한 커다란 캐리어가 방 한편에 서 있다.
언니가 준 검은 상자에 속옷과 부피가 큰 니트 몇 개를
정리해두었다. 작은 가방에는 쇼핑백에 담은 펜들과
색연필, 한국에서 가져온 책과 런던에서 스크랩해둔
잡지들, 생각 없이 모은 영수증, 브랜드 태그, 관람권,
티켓 등등이 어지럽게 뒤엉켜 있다. jeje

운동화가 기억해주는 보통날

안녕하지 않을 날들이 많다. 조용하게, 아무 일 없이
지나가는 날들도 있다. 여행이 그렇다. 어느 순간
여행과 생활의 경계를 허문다. 한없이 이국적인
풍경 속에서도 김광석의 노래를 들으며 서울에서의
추억을 떠올린다. 때때로 찾아가는 차이나타운이나
한식집에서 이국적인 모습을 발견하기도 한다.
런던의 어느 초저녁, 호두과자 생각이 나게 하는
공기를 느꼈다. 차다. 아직 11월인데 카페에서는 줄곧
캐럴이 나오고, 나도 지난겨울과 다를 바 없이 캐럴을
흥얼거린다. 이제 이 거리도 참 익숙하다. 런던 센트럴에
있던 공들이 반짝이는 루돌프 뿔 모양으로 바뀌어
있다. 비로 젖은 길 한복판에서 성가대가 부르는
캐럴송을 들었다. 나는 울었다. 생생한 기분이란
이런 걸까. 그 순간 힘겹게 찍은 동영상은 아무런
소용이 없다. 따뜻하게 덥혀진 런던 거리의 느낌.
그 순간 느꼈던 소름 돋는 생생함은 어떤 화질로도
담아낼 수가 없다. 사진이고 동영상이고 모두 포기하고
감상하는 것이 오롯이 이 풍경을 오래 기억할 수 있는
방법이다. 그 사소했던 순간이 아무 계획 없던
내 여행의 이름을 지어주고 의미를 덧입혔다.
혼자서 많은 시간을 걸었다. 무엇인가 좋은 것을 봐도
좋다고 말할 사람은 없었지만 외롭지 않았다.
제일 좋은 표현이 무엇일까 고민하며 묵혀둔 그 소중한
풍경들은 내 마음속에서만 계속 맴돌았다. 그러나
누구에게 전하지 않아도 좋다, 누군가 반응해주지
않아도 좋다. 그저 나 혼자 멍하니 노래를 듣고 있던
그 길거리에서 멈춰 서 있던 낡은 흰 운동화가
그 시간들을 기억해주었다. jeje

살아간다는 것

겨울의 입김에 충실하되 봄을 기다릴 것.
과감하게 시작하기.
밤낮없이 삐거덕거린다 해도,
현실에 어긋나 있다며 구박받는다 해도.

나로 살아가는 것은
추위에 맞서 따뜻한 음료를 시키고
봄에 열릴 공연을 예매하는 것.
주어진 시간에 충실하되 싱그러운 꿈을 품는 것. jeje

시커먼 콧구멍과 촛불 하나

결국 울고 말았다. 지오디의 노래를 듣던
지하철에서였다. 개찰구를 지나 지하 2층으로 내려갈
때만 해도 '샤워할 때 또 시커먼 코딱지가 나오겠구먼'
하며 더러운 공기를 탓하고 있었다. 랜덤으로 재생되는
노래들 중 지오디의 노래 〈촛불 하나〉가 나오기
시작했다. 그놈의 노래가 내 눈물샘을 자극했다.
불공평한 세상, 그 속에 촛불을 비추자는 내용은
초등학생 때부터 좋아했지만, 아무도 나를 책임져주지
않는 이 먼 타지에서 듣는 느낌은 전혀 다른 차원의
것이었다. 겨울로 넘어가는 11월의 런던, 저녁 7시.
한국어로 된 노래를 들으며 내 가족과 삶을 생각했다.
현실을 모른다고 하기엔 너무 현실 속에서 살았다.
어리광을 부릴 대로 부려도 다시 깨어나야 하는
것은, 나를 둘러싼 차가우리만큼 무례한 세계가 있기
때문이었다. 한 발 앞선 생각을 한다 해도 언젠가는
또다시 뒤로 발을 빼야 하고 현실에 꿈을 들켜야 하는
세계. 부딪칠 수 있는 젊음과 남들보단 뛰어난 실천
능력을 가지고 있다고 해도, 그뒤에는 늘 고려해야
하는 현실 문제가 뒷짐을 지고 서 있었다. 누군가 나의
현실을 알아주기를 원하고 고생과 가난을 면죄부로
삼기를 포기한 것은 이미 오래되었다. 그런 이해는 너무
초라한 왕관이었다.

교복을 입었을 때부터, 언제나 더 멀리를 내다봤다.
핑계를 대는 것도 의미가 없다는 것을 깨달았다.
엄마 아빠의 고생 때문에, 돈을 떠나 아낌없이
투자받은 근본적인 사랑 때문에 나는 고작 알바를
하거나 설거지를 돕는 것으로 보답할 뿐이었다.
런던에서 스스로 나 자신을 책임져 살아가고 있는
이 시간. 지나온 현실을 돌아본다.
누구의 것도 아니었다.
그저 나 자신에게 주어진 짐이자 선물 같은 것이었다.
나는 또 어떤 시간을 통과하게 될 것이고,
훗날 뒤돌아보아도 확신할 수 없는 '경험'이라는 깊이가
생길 것이었다. 출발선에 내 번호가 새겨졌다.
오만하리만큼 자신의 행보에 대해 후회가 없는 사람이
되고자 한다. 어떤 일을 겪어도 다시 일어나고,
잘했어, 괜찮아. 다른 사람에게 힘이 되기에 충분한
기운을 가진 사람. 마음 깊숙이 먼지 쌓인 지하실에
노랗고 밝은 불 하나를 켜줄 준비가 되어 있는 사람.
언제라도 더 많이 사랑할 준비가 되어 있는 사람.
핑계가 없는 사람. jeje

이 여행은 순전히 누구의 도움도 없었던 여행이었다.
탈이 많을 수밖에 없는 두 달간의 시간은 그저 유럽
땅을 다시 밟고 싶다는 철없는 생각에서 비롯된
것이었다. 그래서 더욱 스스로의 힘으로 완성하고
싶었다. 엄마의 돈은 단 10만 원도 보태고 싶지 않았다.
출발할 때 가진 돈 60만 원. 영국 물가가 치명적이라는
이야기는 익히 들었지만 부딪쳐보지 않곤 감이 오질
않았다. 그래서 걱정도 미리 하지 않았다.
하지만 도착해보니 어느새 걱정은 현실이 되어 있었다.
한국의 답답한 하늘이 싫어 다시 한번 합법적인 일탈을
꿈꿨을 때, 나는 엄마에게 이렇게 말했다.
"일을 하더라도 런던에 가서 할 거야."
그러나 3개월짜리 관광 비자로는 스시 집이건
패스트푸드점이건 일을 할 수 없었다. 결국 블로그를
이용해 마켓을 시작했다. 한국에는 없는 브랜드를
중심으로 스스로 강하게 끌렸던 옷들을 선정하고,
런던을 배경으로 사진을 찍고, 상품을 올렸다.
반응은 폭발적이었고 그 돈으로 두 달간의 생활비를
벌 수 있었다.
처음엔 방법을 몰랐다. 택배 기사님의 픽업 서비스나
정해진 날짜까지 알아놓기엔 생활이 빡빡했다.
언니와 언니 친구까지 동원해 몇 십 장이 넘는 무거운
니트를 짊어지고 한인 타운을 찾아간 적도 있었다.
야심차게 만들어왔던 신용카드는 유독 마켓을 했던
그 매장에서만 무용지물이었다. 결국 시차를 무시하고
하루종일 휴대전화를 보며 현금이 들어오기를
기다렸다.

아침 일찍 초조한 마음으로 매장 앞 카페로 출근을
했다. 와이파이도 잘 터지지 않는 카페에서 수백 개의
댓글을 달며, 입금되는 사람 순으로 물건을 사고,
또 기다리고, 또 사는 식이었다. 그렇게 하루에
받은 주문이 많게는 몇 십 개인 적도 있었다. 이럴
땐 매장 직원에게 부탁하고 나눠 가져가도 열 개가
넘었다. 양손 가득 짐을 짊어지고 옷을 차곡차곡 넣은
배낭까지 메면 퇴근길 지옥철 탈 준비 완료! 집으로
돌아가는 사람들 속에서 나 또한 스스로에게 오늘
하루 수고했다고 말하곤 했다. 그렇게 매번 직접
물건을 나르고, 가져온 옷들은 영국 국기가 그려진
비닐에 포장해 한국으로 보냈다.

그렇게 치열했다. 어느새 런던은 내게 즐기는
관광지이기보다 삶의 터전이 되어 있었다. 런던행
비행기에서 읽었던 허지웅의 책 『버티는 삶에
관하여』처럼 '버티는 삶'을 처절하게 경험하고 있었다.
런던에는 왜 이리 예쁜 옷이 많은지, 또 가는 곳마다 왜
세일은 마지막 날인 것인지, 옷을 사느라 굶으며 커피나
샌드위치 하나로 하루를 버티는 경우도 다반사였다.
처음 런던에 도착하고 일주일은 가져간 돈을 펑펑
쓰고 그 좋다는 런던을 내 눈에 담기 바빴다. 그러나
이후 두 달은 어찌 보면 돌이키기 싫은 어두운
시간이었다. 자주 굶었고 외로웠고 집에 가고 싶었고
돈은 늘 모자랐다. 지겹고 지치고 힘들었다. 그러나
결론은 늘 포기할 수 없다는, 포기하기 싫다는
한마디뿐이었다. jeje

예술 학교 화려한 복도 꽃 바구니

돈 벌기, 매일 똑같은 런던의 거리, 기쁜 척해보려고
해도 답답함을 곧 들키고 말았던 한 달 반 정도의
시간이 지나가고 있었다. 그때 마침 축 늘어져버린
여행에 느낌표를 쥐어줄 쪽지가 도착했다. 영국 최고의
예술 학교인 세인트 마틴Saint Martins에서 학부생의
작품으로 열리는 패션쇼에 수수한 얼굴의 동양인
모델을 찾는다는 내용이었다. 나를 마음에 들어
했다는 문장은 감동적이기까지 했다. 똑같은 하얀
천으로 한 학년의 학부생들이 자신만의 느낌으로 옷을
만들어 패션쇼로 발표하는, 학교에서 가장 큰 행사라고
했다. 설레었다. 망설일 이유가 없었다. 들뜬 마음에
'yes'라는 답을 보냈고, 교수님과 함께하는 사전
평가에 참석해서는 그 들뜬 마음이 학교 지붕을 뚫을
만큼 부풀었다.

쇼 당일. 오전 아홉시까지 집합. 쇼는 오후 다섯시에
시작이라 대기 시간은 몹시 길었다. 하지만 처음
받아보는 헤어와 메이크업에 신이 나서 시간은
금세 흘렀다. 화장을 해주던 스태프는 동양적인 내
얼굴이 신기했는지 조목조목 구석구석 들여다보며
흥미롭다는 칭찬을 건넸다. 그 칭찬 덕에 코가 높고
몸매가 이국적인 모델들 사이에서 기죽지 않을 수
있었다.

아방가르드한 옷을 걸치고 쇼 장 입구에 줄을 섰다.
그 줄에서 몇 명 되지 않는 동양인으로서 감회가
새로웠다. 모든 학부생들의 작품을 눈앞에서 구경할 수
있는 호사도 누렸다. "괜히 세인트 마틴이 아니네" 하는
생각이 필터를 거치지 않고 말로 툭 튀어나올 만큼
기막힌 작품들이 줄을 이었다.
백스테이지에 서서 차례를 기다리는 사이, 내 순서가
점점 다가왔다. 헤드폰을 낀 진행요원이 "Go!" 하는
속삭임과 함께 나를 힘차게 내보낸다. 그 순간 수많은
눈빛들이 내 몸 위에 수를 놓는다. 불꽃같은 짜릿함.
평소 구부정한 자세를 버리고 당찬 직립보행으로
큰 보폭에 도전한다. 오줌을 지릴 것처럼 짜릿하다.
광안대교에서 장난치며 터뜨리는 폭죽처럼 팍! 하고
온몸의 세포가 한꺼번에 터지는 기분.
네모난 복도 전체를 걷는 동선, 세번째 모퉁이를 도는
순간 작은 흰 종이들이 천장에서 눈처럼 뿌려진다.
이어 크나큰 박수 소리가 쏟아졌다. 모델들 모두가
상기된 표정을 무뚝뚝함 속에 감추느라 힘들었을
것이다. 당당하자, 당당하자 늘 되뇌던 그 말처럼 한
걸음씩 당차게 걸었던 그 몇 분의 시간. 나답지 않게
쫙 편 허리도, 멋있었는지는 확인할 수 없는 내 표정도
그 순간만큼은 적어도 최고였을 것이다. 짜릿했고
씩씩했다. jeje

테이트 모던은 밤 열시까지 문을 연다고 했다.
금요일인데도 사람들이 많지 않다.
가는 길목에 펼쳐져 있는 템스 강이 이미 마음을 한껏
흔들어놓았다. 문구류를 먼저 구경하려다 꾹 참고
전시장으로 이동했다. 출입구에서 눈치를 보며
머뭇거리는데 고맙게도 전시는 공짜다.
작품을 천천히 보기 시작했다. 미술 도록에서만
보던 그림들이 생생하게 그 얼굴을 내보였다. 예술
만담이라도 하는 양 진지하게 침을 튀기며 토론을
이어가고 있는 세 청년들을 지나 피카소의 작품
앞에 섰다. 늘 물감을 섞기 귀찮아서, 혹은 색깔의
조합이 두려워서 쉬운 길로만 물감을 끌고 갔던
나를 비웃기라도 하는 듯 피카소는 완벽한 색채를
만들어냈다. 관습화된 형태를 완전히 무시하고 전혀
새로운 차원으로 다가간 그의 그림은 몇 십 년이
지난 지금도 전혀 촌스럽지 않았다. 통용된 명성에는
다 이유가 있고 마음을 움직이는 명작에는 언제나
가을바람이 부는 듯하다.
중간중간 금색 칠이 더해진 고풍스러운 액자에는
큰 작품들이 걸려 있다. 작품을 감상하는 사람들의
느린 발걸음이 커다란 유리창에 비쳤다. 유럽의
미술관에는 노인들이나 직장인, 어린아이들이 많았다.
데이트하는 연인이나 젊은 청년들이 주를 이루는
한국 미술관과는 조금 다른 풍경이었다.

나는 갤러리에 가면 작품보다 거기서 일하는 사람들,
그들이 읽고 있는 책, 관람하는 할아버지의 눈빛,
고요, 이런 것에 더 관심이 간다. 그런데 테이트 모던은
특히 더 마음에 남는 장면들이 수두룩하다. 생각지도
못했던 미술관 테라스의 야경 때문이었다. 앤디 워홀의
에세이집 한 권을 산 뒤 미술관 안에 있는 카페에서
샌드위치와 커피를 주문했다.
넓은 테라스, 조금 추워도 괜찮았다. 3~4층 높이의
그곳에 앉아 탁 트인 런던의 밤을 보았다. 말을
건넬 사람이 없기도 했지만 그저 말없이 불빛들을
바라보았다. 멀리에 운동을 하는 사람들이 숨을
헐떡이며 지나가는 모습도, 긴 코트를 걸친 노부부의
꼿꼿한 모습도 보인다. 강은 파리만큼 낭만적이지는
않지만 몇 백 년을 지조 있게 버텨온 클래식한
건물들이 수면 위에 비쳐 물의 얼굴이 환하다.
바람도 시원했다.
공간은 넓고 하얗고 여백이 많은 고요를 가졌다.
생각을 비워야만 다른 생각을 할 수 있다. 집으로
돌아가는 길, 참지 못하고 미술관에서 사온 책을
꺼내들어 한 페이지를 읽었다. 앤디 워홀의 말로
하루를 덮었다. 미술관에서 느려졌던 걸음은 집에
도착해서까지 마음속에 남아 시끄러운 흥분을
불러왔다. jeje

상상한 그대로의 장소

내 상체만큼 크고 뾰족한 세모, 크고 작게 자리를
차지한 네모, 자유롭게 각자만의 색깔로 널브러져
있는 도형들은 브릭레인Brick Lane 한 벽을 통째로
메꾸고 있었다. 통통 튀는 색깔은 시선을 뺏고 그 위에
누가 붙였는지 모를 전단지와 낡고 벗겨진 페인트칠이
조화를 이룬다. 아무도 모르는 카페에 가고 싶었다.
왠지 그랬다. 스타벅스 말고, 5분에 한 번 꼴로
등장하는 PRET도 말고, 진짜 영국이 덕지덕지
묻어 있는 곳을 찾고 싶었다.
악센트가 너무 강해 말을 알아듣지 못하겠다. 살짝
벗겨진 갈색 머리를 가진 주인은 머리숱보다 더 많은
수염을 덥수룩하게 길렀다. 할머니가 앉아 뜨개질을
하고 있을 것 같은 가정용 의자들이 독특하게
테라스에 나와 있었고, 가게 전체는 자줏빛 페인트로
낡은 창틀이 칠해져 있었다. 우리나라 카페와 달리
영국 카페에는 홍차 라테, 고구마 라테, 녹차 라테
같은 메뉴가 없다. 오로지 커피 아니면 티. 결국 나는
핫초콜릿을 주문했다.

에단 호크를 닮은 섹시한 중년 바리스타가 카키색
셔츠를 완벽한 핏으로 소화하며 커피를 내리고 있다.
내가 알지 못할 법한 오래된 가수들의 음악이 LP 판을
통해 흘러나오고 있다. 빨간 카펫은 조금만 뛰어도
먼지가 날 것 같다. 그러나 런던을 가득 담은 빨강 덕에,
나는 이곳에 오길 잘했다는 생각을 하며 웃었다.
인적이 드문 곳에 있는 카페여서인지 혼자서 제각각
할 일에 집중한 사람들이 많다. 테이블이 많지 않은데,
매일 이곳에 와서 연애 상담이나 학교 과제를 할 것
같은 젊은이들이 줄지어 테라스 자리를 차지하고 있다.
연두색 스냅백을 거꾸로 쓴 그들은 햇살에 반짝이는
웃음을 지으며 연신 담배를 피웠다.
핫초콜릿이 줄어들수록 생각도 점점 없어졌다. 지극히
영국다운 그 카페, 상상한 그대로의 장소를 만나는
것은, 여행에서 가장 사랑스러운 순간. jeje

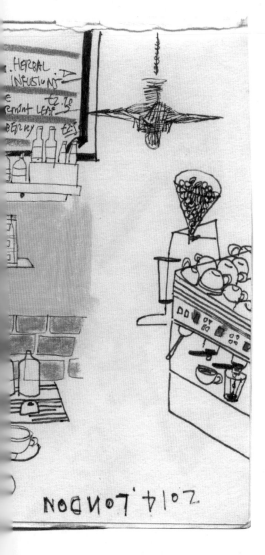

마음 깊숙이 먼지 쌓인 지하실에
노랗고 밝은 불 하나를 켜줄
준비가 되어 있는 사람. 언제라도
더 많이 사랑할 준비가 되어 있는
사람. 핑계가 없는 사람.

수표의 의미

매일 하는 일이 있다. 장을 보고, 옷깃을 여미며
후다닥 집으로 들어와 냉장고에 맥주를 채워넣는 일.
두 달을 가득 채운 런던에서의 시간이 생활전선으로
바뀌었다는 확실한 단서는 '슈퍼'의 의미에서 왔다.
혼자 런던을 쏘다니다 언니와 집 근처 슈퍼 앞에서
만나기로 한 오후 여덟시 즈음. 가장 보편적이고도
행복한 시간이다. 늘 같은 슈퍼에 가고, 늘 같은
물품을 사는데도 행복은 줄어들 생각을 하지 않는다.
신기하게도 단 한 번도 인상을 찌푸리며 장을 본 적은
없는 걸 보면.
폭신하고 새하얀 호텔 이불에 편의점에서 사온
과자들과 맥주 몇 캔을 예쁜 모양으로 올려두고
사진을 찍는 것은 인터넷 시대에 누구나 하는 여행의
'관례'처럼 되어버렸다. 하지만 이제 내게는 매일
평범하게 장을 보는 일상이 있다. 긴 여행에서 빼놓을
수 없는 즐거움.
매일 먹는 블루베리맛 맥주 한 세트와 우유, 팝콘
큰 것, 상추와 삼겹살 한 팩, 초콜릿 몇 개를 카트에
싣는다. 매일 봐도 예뻐 보이는 영어가 찍힌 패키지들에
푹 빠져 실컷 둘러보다 결국 "유지혜, 빨리 와!" 하고
엄마 따라 슈퍼에 온 초등학생처럼 호출을 듣고 만다.
장을 보고 집에 돌아와서는 소파에 몸이 닿자마자
바로 뻗어버렸다. 일어나보니 밤 열두시다. 늦은
시간이지만 언니가 김치볶음밥을 해준단다.
런던에서의 겨울밤이 싫지는 않지만, 나도 모르는 새
목이 땡땡 부었다. 곧 감기에 걸릴 것 같다. jeje

내 영혼을 이해하는 존재에게는 많은 말이 필요
없다. 그녀는 나의 가장 추한 모습을 안다. 내 약점을
보아왔고, 그걸 견뎌냈을 때의 내 모습을 극찬해주는
사람. 어디로 튈지 모르는 헛된 마음을 따뜻하게
보듬어주는 사람. 지구 반대편에서도 글자 몇 개로 내
영혼을 채워주는 사람. 네 존재 자체가 내게 위로다.
귤 잼을 해났다며 친구가 사진을 보내왔다. 몇 천
킬로미터나 떨어진 우리 사이에 흐르는 설명하기 힘든
사랑. 늘 소중하다고 생각해왔지만 그 향기가 무엇일지
생각해본 적이 없었는데 이제야 알겠다. 지난 8년간의
사사로운 이야기들을 끌어안은 우정은 추운 겨울
함박웃음을 띄게 하는 귤 냄새를 닮았다.

너는 나를 씩씩하게 만드는 사람. 절망적인 내 위치를
확신과 기도로 뒤바뀌게 하는 사람. 너를 생각하면
나는 매일 눈물이 고여. 얼음이 어는 곳에서도 너를
생각하면 따뜻한 입김이 나와. 교복을 입고 함께
땡땡이치던 그 시절부터 각자의 길에서 고군분투하는
지금까지도 한결같이. 차가운 세상의 입김 속에 언제나
그렇듯, 순수한 마음이야. jeje

떼나지 않으면 절대 알 수 없는 것들

여행은 오로지 '나'에게 집중하는 시간이다. 무엇을
사랑하는지, 또 무엇을 그토록 증오하는지 알아가는
시간.
잊고 싶었지만 아직 끈을 놓지 못한 순간은 언제인지,
좋은 것을 보면 생각나는 사람은 누구인지,
갚아나가야 할 빚은 누구에게 졌는지, 무시당할까봐
말하지 못했던 꿈은 무엇인지, 말도 안 되는 상상은
하루에 몇 번이나 하는지, 몇 번 버스를 유난히
좋아하는지,
혼자 있다 우연히 만난 외국인의 한마디가 얼마나
따스한지, 지극히 이국적이지만 내 입맛에 딱 맞는
요리를 내어주는 식당은 어디인지, 알바에 지쳐 집 앞
정류장에서 내려 맡았던 찬 공기가 얼마나 소중했는지,
또 내가 얼마나 아름다운 사람이고 때때로 얼마나
이기적이고 추한 사람인지, 좋은 말 한마디에 흥분해서
입술을 떨 만큼 단순한 사람인지,
가끔은 한국인이 아니라 할 만큼 얼마나 정이 없고
냉정한지, 어떤 말로 평가받는지, 어떤 문장으로
상처받는지, 실망스러워 부정하고 싶다가도 다시
미래에 대한 기대로 얼마나 금방 회복하는 나인지,
내 속에서 자꾸 들려오는 작은 목소리는 무엇이었는지,
아니라고 꾹꾹 눌러도 새어나오는 운명 같은 마음은
온전히 나를 위한 것이었는지……
떠나지 않으면 절대 알 수 없는 것들. jeje

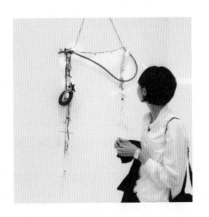

아리랑의 봄 아리 해체론

고등학생 시절, 친구는 내게 라디Ra.D, 검정치마,
브로콜리너마저, 마이앤트메리, 노리플라이의 음악을
들려주었다. 이후로도 그 노래들을 들으면 내가
어디에 있든, 그때 그 고등학교 교실로 돌아간다.
줄인 교복, 아직은 교정도 하지 않은 토끼 이빨,
단발머리, 질질 끌던 실내화. 우릴 힘들게 했던 공부,
야자시간, 몰래 휴대전화 만지다 분필 맞기.
매점으로 달려가던 풋풋함까지 다 떠오른다.
너무 철이 없었지만 우리는 늘 철이 든 척을 했다.
학교에서 제일 가까운 우리집에 모여 놀았다.
겨울이면 귤을 까먹고 여름이면 아이스크림을 잔뜩
사먹었다. 용돈을 받으면 피자를 시켰다. 함께 공부를
하다가 새벽에 나와 장미꽃이 떨어진 길을 걸었다.
낭만이 사라진 아파트 벽돌 길도 우리에겐 낭만이었다.
처음 생긴 디지털카메라를 들고 다니며 못생기고
아직 덜 익은 우리 모습을 담았다. 서로의 엄마한테
지금 독서실에 있다며 거짓말을 해주기도 하고,
떡볶이값 몇 천 원 때문에 토라지기도 했다.
모의고사가 끝나는 날은 돈이 없어 3천 원짜리
핫초콜릿을 한 잔만 시켜 나눠먹어도 창피하지 않았다.

경복궁에서 열린 〈앤디 워홀〉전에 가고 싶어 선생님께
대놓고 말씀드리고 미술관에도 갔었다. 어니언 팝콘을
먹고 싶은데 추가할 돈이 없어 바닥에 떨어진 돈이
있는지 뒤지고 다닌 적도 있다. 수능 기출문제를
안 풀고 다이어리를 쓰거나, 문학 시간엔 오늘
배운 시에 심취해 눈물을 글썽이기도 역사 시간엔
분노하기도 했다. 졸업식은 괜히 서운했고,
그때 내 옆자리였던 친구는 아직도 내 인생의 0순위다.
애틋하고 아름답던 시간, 나라는 사람을 천천히 채워온
학생이라는 시간이 있었다.
그때는 대학에 들어가면 세상이 모두 내 것일 거라고
착각했다. 많은 시간을 통과했고 꿈에 그리던 여행은
현실이 됐다. 열여덟 살의 시간이 나에게 깃털
하나씩을 꽂아 지금은 한쪽 날개 정도는 생겼다지만,
진짜 나는 더 순수해질 필요가 있지는 않을까.
쓸데없는 일로 창피해하는 건 아닐까. 더 용기를 내고
어려질 필요는 없는 걸까. 진짜 내가 그 시절
원했던 삶은 무엇일까. 꿈이나 됨됨이 같은 것은 모두
배제되고 등급만이 남은 교실을 벗어나 내가 세상에
진짜 요구하는 참됨은 무엇이었을까. 그건 어디서부터
날아드는 자유일까.

런던에서 떠올리는
열여덟 살
여고생의
덜
익은
맨얼굴. jeje

세상에 그대로 기억할 수 있는 것이 몇이나 될까?
어떤 이가 나에게 말했던 말, 모든 획 그대로.
아니면 누가 먼저 누굴 좋아했고 어떤 방식으로 밀고
당겼으며 설레던 감정은 어디부터 시작이었는지.
또 어디부터 그렇게 철저히 망가지게 되었는지.
있던 사실 그대로 기억하는 것이 몇이나 될까.
기억은 추억으로 미화되고, 좋았던 일은 두세 배로
뻥튀기되어 저장된다. 좋지 않은 일을 떠올리면
상대에게 미안한 마음만 가득. 삭제 버튼은 쉽사리
누르지 못하고, 손가락은 자꾸 망설인다.
마음도 늘 똑같아서 완벽하게 철저하게 기억할 수
없지만, 바보처럼 결국 미화된 추억을 떠올리고,
아무리 바보 같아도 또 한참을 생각하다가, 결국은
완전히 새로운 행성을 만나 상상도 하지 못했던 사랑을
시작해버린다. jeje

다시 여행

다시, 파리

PARIS, AGAIN

파란는 내게 힘을 주리

나는 분명 지쳐 있었다. 런던에서 한 달을 조금 넘긴 시점, 여행은 점점 생활이라는 그림자에 젖어들었다. 힘들고 버겁고 답답했다. 휴식이 필요했다. 제대로 된 샌드위치 하나 사 먹을 수 없는 잔인한 현실 앞에서 나는 무릎을 꿇었다. 처음엔 섹시하게 느꼈던 영국 악센트도, 주드 로가 튀어나올 것 같은 골목도, 연신 밀려드는 핫한 브랜드의 세일도, 다 의미가 없었다. 런던이 꼴 보기 싫었다. 쉼이 간절했지만 돈이 없었다. 여행을 가려면 오가는 비행기 표 값, 특히 숙박비가 가장 큰 문제인데 한 번에 큰돈을 모을 확신도, 힘도 없었다. 망설이던 때, 두 달간 혼자 유럽 여행을 하고 있던 동생에게서 연락이 왔다. 파리를 마지막으로 여행을 마무리하려고 한다고. 그다음 말을 듣고는 내 귀를 의심했다. "언니, 파리에 우리 이모님이 계시는데 우리 같이 묵을 일주일간 숙박비를 내주시기로 했어. 마레 지구 한복판에 있는 데로." 불가능할 것 같았던 올해 두번째 파리행이 가능해지는 순간이었다. 작은 캐리어를 빌려 10킬로그램을 꽉 채워넣었다. 런던에서 파리로, 여행 속의 작은 여행을 떠난다는 게 어쩌면 나의 오랜 버킷리스트가 아니었을까. 설레는 마음에 런던에서 파리로 도망쳐 나왔다. 파리로 간다.

8만 원짜리 저가 항공, 기내방송에서 나오는 불어가 아름답다. 지난여름 파리의 기억 속엔 푸른 잎사귀 솔솔 부는 바람도 있지만 파리지앵보다는 중국인 관광객이 더 바글댔다. 그러나 파리에 도착한 밤 역시, 머리가 헝클어진 파리지앵들만이 서둘러 집으로 발길을 재촉하는 파리의 풍경이 눈에 들어왔다. 처음보다 더 흥분되는 두번째 파리, 그 시작이었다. jeje

여행 속의 작은 여행을 떠난다는 게 어쩌면 나의 오랜
버킷리스트가 아니었을까. 설레는 마음에 런던에서 파리로
도망쳐 나왔다. 파리로 간다.

광대는 빨갛게 익었고 머리는 모자에 눌려 엉망이다.
숙소로 가는 길, 비가 고인 돌바닥, 아직 열려 있는
슈퍼마켓, 낭만적으로 보이는 빵집을 지나 으리으리한
초록색 대문을 연다. 스무 걸음 정도 들어가면
뱅그르르 돌아 올라가는 계단이 나오고, 계단은
이 고급 아파트의 유일한 다락방으로 연결된다. 사람
한 명이 겨우 통할 수 있는 좁은 계단, 부스러진
하얀 페인트칠, 삐거덕대는 그 오래됨도 왠지 좋다.
어찌나 나이가 많은 집인지 문을 조금만 쾅 닫아도
주인을 불러 열어달라고 해야 할 정도.
분홍색 벽의 아담한 다락방이 수줍게 웃고 있다.
낡고 작은 화장대, 옷과 모자를 걸 수 있는 고리도
눈에 띈다. 그 옆엔 정사각형의 널찍한 붙박이장이
있고 그 맞은편엔 적당한 크기의 침대가 놓여 있다.
작은 창문 너머로 햇빛이 잘 넘어오는 다락방이다.
작은 부엌과 욕실까지 딸려 있는 완벽한 파리의
다락방.

이번 여행엔 더 아무것도 안 하고 싶었다. 진짜
파리지앵들이 길을 물을 만큼 이곳 사람 같아 보이고
싶었다. 무심하고 별것 없는 계획을 가지고 싶었다.
내일은 무슨 일이 있을까 정답 없이, 누굴 만날
것이라는 예상 없이. 그래서 더 환상적일 내일에 대한
기대로 한껏 부풀어 잠을 이루기 어려웠다. 이곳은
이 세상 어느 곳도 아닌, 파리다. 말도 안 되는 상상이
허용되는, 현실이 되기도 하는. 뭐 그런 도시. jeje

취하는 데 의의가 있는 밤

숙소에 돌아와 따뜻한 이불 속에 들어가 파리에 잘
어울리는 노래 몇 곡을 들었는데도 잠이 오질 않는다.
결국 돈을 긁어모아 사 온 제일 싼 2유로짜리 샴페인을
마셨다. 소녀 감성 풍부한 작은 다락방. 안타깝게도
잠은 우리를 피해 간 것이 분명하다.
이불을 박차고 일어나 갑작스러운 밤 산책을 감행한다.
사실 반바시도 안 입고 팬티에 긴 반팔 티를 입고 그
위에 맨투맨, 그 위엔 긴 코트를 걸치고 챙이 큰 모자를
눌러썼다. 혹시 아직도 영업중인 슈퍼가 있는지 살폈다.
챙겨온 동전으로 큰 초콜릿 하나를 산다. 무조건
큰길 쪽으로 걸어나가본다. 숙소가 말도 안 되게 좋은
위치라고 생각만 했는데 발길 닿는 대로 조금만 걸으니
노트르담 성당이 나타났다. 설마 저기가 센 강인가
의심하며 조금 더 걸어가니 〈퐁네프의 연인들〉에 나오는
그 강이 정말 우리 앞에 흘렀다. 초콜릿은 어느새
은박지만 남았고, 강변 불빛을 따라 기분도 반짝인다.
한강에 비하면 작아서 왠지 귀여운 센 강을 따라
걸었다. 사실 강을 그다지 좋아하진 않지만 오늘
강변은 영화 속에서 보던 불빛보다 더 낭만적이고 더
고요하다. 유난히 별 볼 일 없는 듯 그렇게 혼자 흐르고
있었다. 좋다는 말만 반복하며 강가를 걸었다.
초점을 아무리 섬세히 맞춰도 담기지 않는 분위기와
풍경. 그 속에 했던 대화는 기억나지 않더라도
오랫동안 사진처럼 머무는 느낌의 기억. 그렇게 불빛
아래서 한동안 아무 말 없이 걸었다. 고흐가 반할 만한
아름다운 강, 불빛은 어지럽게 강 위에 사뿐히 노란
발자국을 내고 있다. 와인이든 걸음이든 말이든 뭐든
취하는 데 의의가 있는 밤. jeje

어쩌다 만난 똑똑한 6학

파리를 향한 두번째 발걸음이 더 떨린 이유는 낭만적인
도시에 대한 뻔한 기대가 아니었다. 허무할 정도로
기약 없는 약속을 했던 파리의 친구가 보고 싶었기
때문이었다. 함께 여행하는 동생에게 호언장담을
해놓은 상태, 마레 지구의 갤러리를 기웃거리기라도
하면 반가운 그 얼굴을 분명 재회하리라고 말이다.
드디어 겨울의 파리. 그가 일하는 갤러리로 가는 길.
십 년 된 친구를 만나는 양 설레었다. 그의 이름을
어떻게 불러야 할까, 그 친절한 사람이 몇 개월도
안 되어 돌아온 나를 보고 어떤 따뜻한 표정을 지을까
수없이 상상하며 갤러리 문을 박차고 들어갔다.
그러나 그는 온데간데없다.
직원들 몇 명에게 물어보아도 아무도 그의 행방을
몰랐고 심지어 이름까지 낯설어했다. 많이 실망한 채
보쥬 공원으로 발걸음을 돌릴 수밖에 없었다.
아쉬운 대로 사진이나 한 장 남기려고 낡은 자전거
옆에서 포즈를 취하고 섰다. 그런데 사람은 또 왜
이리 많이 지나가는지, 한 외국인이 미안한 표정으로
지나갔다. 동생에게 빨리 찍어달라고 얕은 신경질을
섞어 말했다. 그 순간 미안한 표정을 했던 그 외국
남자가 발을 멈추고 "한국인?"이라는 말을 건네는
것이 아니겠는가. 뭐지? 그는 토끼 눈을 한 우리에게
다가왔다.

"지나갈 때부터 네 그 큰 방울 모자 때문에 속으로
키득거렸는데 한국어를 듣고 바로 말을 걸어야겠다고
생각했어. 난 베를린 출신이고 지난 학기 성균관대로
교환학생을 갔다 왔어."

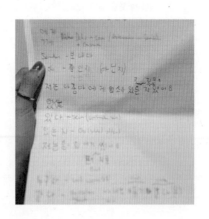

그는 지금은 혼자 파리에서 짧은 여행을 하고 있다고
했다. 스물네 살, 나보다 한 살 오빠, 베를린 출신,
한국을 매우 좋아함. 꽤 연습해놨다는 한국어를
자랑하더니, 괜찮다면 맥주나 한잔하러 가자는 것이
아닌가? "Why not?"

길거리 한복판에서 한국을 사랑하는 베를린 행인을
만나 맥주를 마시러 가고 있다. 어이없을 만큼
순조로운 이 만남이 신기하기만 했다. 편해졌는지
평소 쓰지 않던 말장난까지 술술 나왔다. 나는 독일에
대한 속설, 궁금했던 이것저것을 맘 편하게 물어보기
시작했다. 그는 한국에서는 다들 너무 자기를 미남으로
치켜세워주어 몸 둘 바를 몰랐다는 다소 허무맹랑한
자랑을 덧붙였다. 그러다가 배낭에서 해진 공책
하나를 꺼내 내미는데, 삐뚤빼뚤한 글씨가 빼곡한
한국어 연습장이었다. 가나다라를 천천히 공들여 쓴
것 같아 보이는 한국어도 귀여웠지만 우리가 웃음을
터뜨린 대목은 그가 가장 중요하다고 별 표를 쳐놓은
표현들이었다. "아줌마 소주 한 병 더 주세요."
"여자 아주 예뻐요."

우리의 대화는 점점 선명해졌고 서로를 흥미롭게
바라보는 독일 남자와 한국 여자는 어느새 친구라는
이름을 나누어 가졌다. 아, 그러고 보니 대머리
큐레이터 아저씨는 내 머릿속에서 지워진 지 오래.
베를린 오빠와 안녕을 고하고 조금 취한 손가락으로
노트에 끼적인다. "독일인 친구를 사귄 날. 이틀 후
친구들과의 파티에 초대 받음." _{jeje}

천편일률적인 말과 이미지, 동선을 가진 사람들 틈에서
유독 여린 듯 강한 심성을 지닌 그녀.
새벽에 문득 생각한 그녀는, 머릿속에서 둥둥 떠다니는
수많은 단어 가운데 가장 맑은 것을 선택하게 만드는
사람. 함께한 시간이 오래지 않아도 서로를 이해하기
위해 많은 말이 필요하지 않은 사람. 쉽게 다가갈 수
없지만 쉽게 식지도 않는 사람. 생각 없이 달려가던
나의 오만을 멈추고 아름다움에 조금 더 다가갈 수
있게 만들어주는 사람. jeje

파리 극장에서 한국 영화 보기

퐁피두의 오른뺨에서 우연히 영화관을 발견했다.
여름에 갔던 샹젤리제 근처의 영화관과는 사뭇 다른
아주 작고 아늑한 분위기였는데, 한국 영화 포스터가
걸려 있어 먼발치에서부터 호들갑을 떨었다. 한국에서
제작된 〈한공주〉라는 영화였다. 오후 10시 5분 영화
티켓 두 장을 쥐어들었다.
영화를 보는 것보다 그 장소에 존재하면서 하는
몇 가지 행위가 더 좋다. 몇 시 티켓을 달라고 말하는
것, 팝콘을 사는 것, 시작할 때까지 수다로 시간을
채우는 것, 직원에게 메르시라고 인사하는 순간,
직원의 예쁜 미소, 몽땅 좋다. 화장실의
꼬불꼬불 낙서조차 낭만적으로 보인다. 괜히.

10:05 P.M. 관객은 아주 적었지만 나와 동생을
제외하고는 모두 파리 사람들이었다. 그래서인지
마치 내 영화를 소개하는 것처럼 긴장되어 침을 꿀꺽
삼켰다. 내용은 생각했던 것보다 더 잔인하고 아팠다.
주인공은 상처받은 여고생이었다. 가시 돋친 말을 뱉는
아이였다. 다치지 않으려 독기 품은 눈을 뜨지만
그 속엔 누구보다 상처받은 여린 아이가 있었다.
나는 두 시간 내내 그녀의 안녕을 바랐다.
영화가 끝나고도 한참을 말없이 앉아 있었다. 사람들은
누구나 해피엔딩을 원한다. 물론 나도 별다를 바 없다.
삼십 분 늦게 들어와도 이해하는 데 크게 어렵지 않은
쉬운 영화, 쉽게 웃고 울게 만드는 영화를 좋아한다,
우리는. 반대로 독립 작품을 보는 사람들은 취향이
독특하다는 평을 받곤 한다. 상업 사회에서 당연한
이치일지도 모른다. 그러나 그런 독립 작품들이
보여주는 우리 사회의 모습이 어쩌면 진짜가 아닐까.
'설마'라는 말을 자아내는, 입에 담지도 못할 일들이
생각보다 '빈번하게' 우리 사회에서 '일어나고 있다'는
것. 어쩌면 우리가 그 사실을 인정하고 싶지 않아
하기에 해피엔딩이 보장된 영화가 흥행하는지도
모른다.
그러나 우리는 예쁘지 않은 영화들을 봐야 한다. 쉽게
이해되지 않는 불편함을, 쉽게 현실로 돌아오지 못하는
그 찝찝함과 한숨을 나눠 가져야 한다. 그래서 이런
영화들이 필요하다. 파렴치한 세상, 절대 변하지 않을
것 같고 실제로도 변하지 않을 세상에서 우리가 할 수
있는 일은 아예 없을 수도 있다. 그래도 방관하지 않기
위해, 그 찝찝함을 안고 가야만 한다. jeje

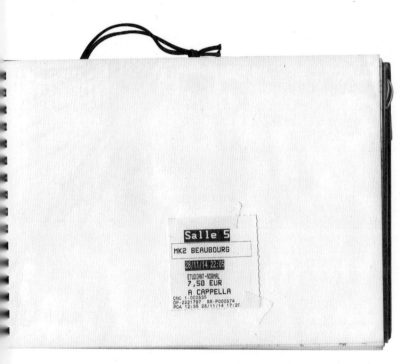

사람들은 누구나 해피엔딩을 원한다.
그러나 우리는 예쁘지 않은 영화들을 봐야 한다.
쉽게 이해되지 않는 불편함을, 쉽게 현실로
돌아오지 못하는 그 찜찜함과 한숨을 나눠 가져야 한다.

처음 보는 파리지앵의 생일 파티에 초대된다는 낭만

"목요일에 시간 있어? 그날 내 친구 생일 파티를
하는데, 주소 보내줄 테니까 거기로 와."
길거리에서 우연히 만난 베를린 오빠. 맥주 한잔
기울인 것이 전부인데 그와 친구들이 모두 모인다는
파티에 초대 받았다. 역시 그들에게는 쓸데없는 단계는
생략해버리는 쿨함이 있다. 서로를 믿기 때문일까. 그런
쿨함이 낯설지도 불편하지도 않았다. 숙소에서 멀지
않은 곳이었지만, 지도에 주소를 찍고 근처의 카페나
바를 유심히 살폈는데도 도통 찾을 수가 없었다.
문득 알아차렸다. "이거 집이다!"

철문에 오래된 나무 냄새가 고릿한 아파트. 4층으로
올라가는 나선형 계단엔 불빛 하나 없었다. 어쩐지
무서워 용기 내어 "안녕!"이라고 크게 소리쳤다. 경쾌한
웃음소리가 멀리서 되돌아온다. 불어로 재잘거리는
소리가 점점 가까이 들려온다. 집 안에서는 우리 또래
열댓 명쯤이 와인 잔을 부딪치고 있었다. 사람들은
소파 위에 옹기종기 모여 앉아 벌써 와인을 다섯
병쯤 비웠다. 불어로 떠드는 소리 속, 늦게 합류한
부끄럼 많은 남자애가 어색한 눈인사를 던진다.
어둡게 틀어놓은 조명, 잔잔하게 틀어놓은 음악.
존 트라볼타를 닮은 암스테르담 친구는 연신 섹시
댄스를 춘다. 집주인인 피터는 의자를 더 가지러
왔다갔다한다. 그날은 피터의 생일이었고, 피터의 여자
친구는 손수 만든 케이크에 초를 꽂아 나타났다.

불어로 한 번, 영어로 한 번, 마지막으로 한국어로 한
번 생일 축하 노래를 불렀다. 그러고는 형형색색의
비닐로 포장된 선물들을 풀어보았다. 초콜릿,
만화책…… 값으로 치자면 별것 아닌 것들이었지만
소박하고 아름다웠다. 오늘 처음 보는 그인데도 편지
한 장 못 써온 것이 괜히 미안했다. 피터는 세상에서
가장 행복하다는 표정을 짓고 있었다.

대화는 계속되었다. 나도 그 속에서 자연스레 한구석을
차지했다. 음악에 관련된 일을 한다는 친구의 표정은
밝았는데, 자신감이 넘치되 결코 교만하지는 않았다.
돈은 얼마 벌지 못하지만 여유로운 생각을 가지고
살 수 있다는 게 제일 큰 장점이라고 했다. 상사의
유머도 좋다고 말했는데 상사를 칭찬할 때는 약간의
어색함이 느껴졌다. 셔츠가 모델처럼 잘 어울리는
한 남자애는 모두들 자기만 보면 프랑스어를 해달라고
조른다면서 하소연을 했다. 이상한 얘기를 해도
아름답다는 말만 듣는다면서.
처음 만난 그들의 대화에 끼어 있었지만 전혀 어색하지
않았다. 자연스럽게 스며들어 편한 숨을 쉬는 시간,
마치 아무 옷이나 걸쳐 입고 동네 친구네 집에
놀러온 느낌. 와인 따르는 소리와 불어가 끊이지 않는
아름다운 밤. 사랑스러운 사람들. 우연과 인연의 얇은
간격 위에서 줄타기를 하는 밤의 연속. jeje

편한 숨을 쉬는 시간, 마치
동네 친구네 집에 놀러온 기분이다.
우연과 인연의 얇은 간격 위에서
줄타기를 하는 밤의 연속.

옴짝달싹하기가 싫다. 늑장을 부리다 겨우 일어나
요일을 확인해보니 일요일이다. 한참의 꼬물거림이
보장되는 일주일의 마지막 날. 아껴두었던 온갖 여유를
다 풀어헤쳐놓는다. 벌써 다 써버린 노트랑 펜을
사야 하고 타르트에 커피까지 1.8유로인 카페를 가야
하고 퐁피두에서 골라놓은 책도 사야 하는데…….
하지만 이불 속에서 아직도 꼬물거리는 시간, 하염없이
지나가는 게으른 시침을 바라본다.
옷을 대충 챙겨 입고 퐁피두 쪽으로 걸어 나가본다.
거리는 여유로운 사람들의 미소로 이미 북적인다.
오로지 맥도날드에 가겠다는 계획만으로 나선 늦은
오후였다. 통유리가 자꾸 끌리는 맥도날드 Hotel de
ville점. 이 맥도날드를 찾아오기까지 꽤 헤맸다. 무슨
대단히 유명한 식당이나 관광 명소도 아니지만 여름에
왔던 곳을 같은 해 겨울에 또 오는 재미가 쏠쏠하다.
창가에 자리를 잡고 늘 (생애 두 번의 파리를 같은 해에
겪었는데 매번 이 맥도날드만을 왔으니 '늘'이라는 표현을
쓰고 싶다.) 빅맥 세트 한 개를 시킨다. 나는 잉글리시
브랙퍼스트 티, 동생은 카페모카. 각자 스케치북을 펴
글을 적는다. 장범준의 노래를 듣고 써놓은 글을 친구
앞에서 낭독하는 일, 파리답다. 고마운 맥도날드는
싼값에 우리를 편안하고 사치스럽게 만들어줬다.

돌아오는 길에는 그 배경이 파리여서인지 이국적으로
보이는 중국집을 발견했다. 동생에게 진지하게
말을 건넸다. "중국집 잘 봐둬, 주연아." 돌아와서는
퐁피두 앞 DVD 가게에서 5.9유로를 주고 산 영화를
보기로 했다. 제목은 〈시작은 키스〉, 오드리 토투의
사랑스러움이 한껏 묻은 영화다. 좋아하는 영화라
한국에서 수차례 본 프랑스 영화였다. 개인적으로는
〈아밀리에〉보다 훨씬 더 애착이 가는 작품이다.
와인을 홀짝거리며 푹신한 침대에 몸을 맡겼다. 아까
동생에게 중국집을 잘 봐두라고 엄포를 놓은 이유는
이 영화에 나오는 장면 때문이었다. 못생기고 능력도,
매력도 그다지 없는 덩치 큰 남자 주인공은 오드리
토투의 마음에 천천히 사랑을 번지게 한다. 보는 내내
내가 사랑에 빠진 것처럼, 물들게 된다. 그 두 사람이
첫 데이트를 하는 장소가 바로 허름한 중국집인데,
그 배경 또한 파리이기에 아까 본 붉은빛의 중국
음식점이 영화 속보다 더 낭만적으로 다가왔던 것이다.
그렇게 굳이 찾지 않아도 파리 구석구석이 예술같이
다가온다.
싸구려 샴페인을 세 잔이나 들이마신 후에야 스르르
잠이 들었다. 분홍빛 샴페인은 화면에서 흘러나오는
오드리 토투의 자연스러운 멋과 얇은 몸 선,
고급스럽게 재잘대는 불어를 더 프랑스답게 만들었다.
파리답다. jeje

냄새의 위안

파리 숙소에서 가장 마음에 드는 곳은 화장대와
화장실이다. 화장실, 참아내던 근심을 버려버릴 수
있고 찝찝한 24시간의 속옷을 새것으로 바꿔 입을 수
있는 곳. 아주 좁지만 모든 일을 깔끔하고 기분 좋게
처리할 수 있는 공간.

먼지가 쌓인 옷을 벗는다. 옷은 서랍장 위에 대충
널어놓고 작은 샤워부스 안으로 들어간다. 내가 옷을
어떻게 벗어놓든, 무슨 순서로 씻든 누구도 상관할 수
없는 나 혼자만의 시간이다. 발가벗은 나를 가리려
따뜻한 물을 튼다. 온수와 냉수가 적당히 섞인 힘찬
물줄기에 여느 아침과 다르지 않은 상쾌한 기분을
느낀다. 샴푸를 적당히 손에 짜는 짧은 순간, 익숙한
한국 샴푸 냄새가 김 서린 작은 욕실을 덮는다. 익숙한
것은 사랑받는다고 했던가. 몸이 따뜻해지며 안도감이
밀려온다. 편안함에 나도 모르게 미소를 띠고 신나게
손가락으로 거품을 만든다. '집'이라는 곳에서
몇 천 킬로미터 떨어져 있는 이곳에서 한국 냄새를
맡는다. 우리 엄마도 이 냄새로 하루를 시작하고 우리
아빠도 마찬가지겠지. 샴푸 냄새가 뭐기에 나는 이리
큰 안도감을 느끼는 것일까. 좋아하는 노래를 가사
없이 음만으로 불러내고 있다. 샤워를 마치고 나와
머리를 말리고 로션을 발랐다. 젖은 수건을 나란히
고리에 걸었다.

아무리 먼 곳으로 떠나와도 여전한 나만의 작은
습관들. 아주 잠깐 동안 우리 집 화장실에 있는 것 같은
선물을 받았다. 그 편안함과 따뜻한 물방울이 나를
감싸고, 익숙한 비누 냄새가 편한, 파리에서의 어느
밤. jeje

가장 낭만적인 순간에 떠올리는 사람은 누구입니까

주황색 스카프를 한 아줌마가 멋스럽다. 그녀는
나를 힐끔힐끔 보더니 따뜻한 미소를 날려주었다.
비틀거리며 기사님 곁으로 다가가 내릴 역에 대해 묻고,
다시 자리에 앉아 안도하는 표정을 짓는 할아버지.
연신 창밖만을 바라보고 있는 회사원 아저씨. 그리고
꾸벅꾸벅 번갈아 졸고 있는 우리까지. 에펠탑으로 가는
버스, 이들에게는 광화문 가는 버스처럼 일상적인
것일 테다. 창밖으로 보이는 에펠탑이 조금씩 커질
때마다 졸고 있는 동생을 깨워 함께 바라보았다. 마침내
에펠탑의 반짝임 앞에 버스가 정차했다. 파리의 마지막
밤은 에펠탑에서. 모두들 촌스럽게 인증 사진을 남긴다.
나도 그렇고. 가장 낭만적이니까.
이 순간 떠오르는 사람이 있다. 코끝은 시리지만
국밥을 먹은 듯 뜨뜻하고 든든해지는 마음.
가장 낭만적인 순간에 떠올리는 사람. jeje

다시 공중에 떠서 어디론가 몸을 옮기는 잠시 동안
긴 생각에 잠긴다. 전주가 긴 차분한 노래를 듣는다.
좁은 비행기 안, 사람들의 말소리와 세세한 소음 속에
나의 지난 일주일이 섞여 있다. 멋없고 촌스럽게,
언제나 눈물로 마무리되는 나의 여행. 일주일간
파리 공기를 같이 마신 동생의 사진을 꺼내어 본다.
공항에서 수속을 할 때 내 뒤에 서 있던 보랏빛
머리칼을 가진 여자애가 반대편 자리에 앉아 있다.
창문 너머 하늘을 보다가 엎어져 잠이 드는 모습이
귀엽다. 덕분에 머리가 길고 얼굴이 수수한 내 친구가
다시 보고 싶어져버렸다.

그렇게
나는
다시
런던이다. jeje

다시 여행

다시, 런던

LONDON, AGAIN

그 분위기를 종아해

유럽에 와서 보니 서울은 유난히 유행에 민감한
도시라는 생각이 든다. 어느 해는 다들 무스탕을
입다가 어느 해는 다들 굵은 실로 뜬 모자를 쓴다.
내가 고등학생이었을 때 크로스백이 유행했지만
나는 배낭을 멨고 값비싼 패딩이 유행했을 땐 떡볶이
코트를 입었다. 유행하는 물건을 별로 사고 싶다는
생각이 들지 않은 탓도 있지만, 돈이 없어서이기도
했다. 내 코트를 보고 친구들이 '겨울연가'냐고 놀릴 땐
나도 같이 웃었지만, 물론 타인의 시선에서 아무렇지
않아지기까지는 꽤 오랜 시간이 걸렸다.
이곳에도 유행이란 게 존재하긴 하지만 우리나라만큼
천편일률적이진 않다. 모두가 셀카봉을 들고 다니며
사진을 찍지도 않고, 똑같은 모습으로 성형을 하지도
않는다. 어렸을 때부터 학교에서든 슈퍼에서든 다른
인종들을 쉽게 마주칠 기회를 얻어서일까, 스스로의
매력을 잘 알기 때문일까.
헝클어진 머리를 대충 손으로 빗어 틀어 올린
자연스러움이 좋다. 화장기 없는 맨얼굴이 깨끗한
소녀가 아주 예쁘다. 예쁜 여자보다는 매력적인
'사람'이 되고 싶어하고, 화려한 것보다는 수수한
것을 좋아하는. 실수해도 미워할 수 없고 이유 없이
끌려서 한번 더 바라보게 되는. 그 분위기를 좋아한다.
공정하지 않게 애정으로 한껏 치우쳐진 공기.
제일 솔직하고 꾸밈없는 편견. jeje

버스를 탄다. 주말에 버스를 타는 건 가혹 행위다.
쇼디치로 가는 길은 명절 고속도로처럼 차가 꽉 막힌다.
20분쯤 걸리는 거리를 1시간 반 걸려 도착했다.
그나마 옆에 앉은 프랑스 아기의 옹알이를 듣느라
지루함이 덜했다.
비가 오는 길을 걸었다. 철저히 혼자다. 앞서 걷는
이가 내뿜는 담배 연기는 공기 위로 빠르게 흩어진다.
온몸에 빗물이 튄다.
한 건물 로비에는 우산을 깜빡한 사람들이 우르르
모여 비를 피하며 수다를 떨고 있다. 비에 선명해진
벽돌은 유난히 빨간빛을 띠고, 사람들은 벽돌 따위에는
관심 없다는 듯이 담배만 피운다.

카페 안이 따뜻하다. 실내로 들어와서 나도 모르게
안도를 느끼게 되는 것은 겨울이 왔다는 첫번째
증거이다. 두번째 증거는 따뜻한 음료와 차가운 음료
중 선택이 얼마나 뻔하고 신속하느냐이다. 당장에
따뜻한 음료를 시켰다. 런던에 온 이후로는 핫초콜릿과
잉글리시 브랙퍼스트 티를 번갈아 마시고 있다. 음료를
기다리며 사람들의 얼굴을 쭉 둘러본다. 작업하는
사람들이 멋있다. 키보드를 바쁘게 두드리며 수화기
너머로 누군가와 긴박한 대화를 주고받고, 커피 한
모금을 넘기는 순간에도 노트북 화면에서 눈을 떼지
못하는 모습. 페이스북으로 전 여친의 소식을 염탐하는
사람, 밀린 숙제를 하는 사람, 메시지를 주고받는
사람도 있다.
오후 여섯시를 넘기면 카페는 펍으로 바뀐다.
종업원들은 칵테일과 와인 리스트가 담긴 메뉴판을
나르느라 분주하다. 마르가리타 칵테일 두 잔을
주문한 옆자리 커플을 살짝 관찰한다. 딱 두 잔일
뿐인데 향기로운 냄새가 공기를 채운다. 서로를 향해
맞닿은 두 사람의 무릎은 이야기를 발전시킨다. 남자는
달콤한 말을 던지고 여자는 조금 야해 보이는 눈빛으로
그 빚을 갚는다. 여자가 풍기는 향수 냄새는 상당히
몽글몽글해 아마 남자는 여자와 헤어진 후에도
그 향기를 계속 떠올리게 될 것이다.
하염없이 노트만 채워간다. 내 옆자리 빈 의자에 앉아
있는 낡은 에코백은 형태 없이 널브러져 있다. 런던의
토요일이 아무렇게나 지나간다. jeje

스물셋의 겨울, 런던에서 지하철을 기다리는 초저녁을 맞고 있다. 이곳은 낯선 땅이라 엄마가 보고 싶어도 볼 수 없고, 자주 끊기는 음성 너머로 친구의 일상 이야기를 들어야 한다. 혼자 있는 이 시간, 손이 깨질 것 같은 추위에 이 차가운 공기가 나를 서울로 데려다놓는다. 이어폰에서 흘러나오는 오래된 한국 가요가 아련한 소리를 낸다. 오늘은 좋아하는 후드 위에 파리에서 3만 원도 되지 않는 가격에 산 따스운 털 코트를 대충 걸쳐 입고 신이 나는 걸음을 떼어본다. 차가운 들숨, 따뜻한 날숨. 거리에 흩어지는 흔한 캐롤이 반갑다. 이제는 익숙한 런던 길가에서 맞는 런던 겨울. *jeje*

나의 삶은 그렇게 계속되는 거룰

눈이 내린다. 너를 모르는 척하는 건 사방에 내리는
눈을 무시하는 것이나 다름없다. 보지 않으려 해도
눈앞에 내린다. 듣지 않으려 해도 새하얗게 들려온다.

세상의 모든 지붕과 공기와 길은 그 눈꽃으로
뒤덮이고, 나는 눈밭 위를 조용히 걷고 있다.

내 삶이란 그렇게 계속되는 겨울이다. 말을 걸지 않아도
나는 너를 인지하고 우산을 내려놓고 눈을 맞는다.

너는 닿을 듯이 닿지 않고 보일 듯이 보이지 않지만,
나에게 한없이 다가오고 있다. 내 외투는 이미 눈으로
촉촉이 젖었다.

나의 삶은 온통 겨울이다. 눈은 멈추지 않고 가끔
눈을 찔러 사무치게 눈물을 흘리게도 하고 이유 없는
웃음을 터뜨리게도 한다.

너는 눈처럼 내게 하얗게 흩날린다.
그렇게 오고 있다. jeje

두 달 전 나는 혼자 런던행 비행기를 탔다. 엄마는
나를 공항까지 데려다주었다. 촉촉하게 젖은 눈동자와
건강히 다녀오라는 말이 담긴 포옹. 사랑이 그득그득한
사람. 늘 맑고 순수한 사람, 엄마. 그녀는 내가 지난
여행 때 사다준 싸구려 머플러를 그날도 맸다. 가라는
손짓에도 그녀는 쉽게 자리를 뜨지 못했지만, 나는
들뜬 마음으로 게이트 안으로 빨리 자취를 감췄다.
나는 철이 없었다.
엄마의 뜨거운 눈물이 내가 이 여행을 끝까지 포기하지
않게 만들었다. 영원하지 못할 관계들에 집중하느라,
영원히 내 편일 그녀를 나는 얼마나 서운하게 했던가.
나는 왜 늘 엄마를 이해하고 희생해도 되는 사람으로
밀어넣고 있었던가. 우선순위가 철저히 어긋나
있었음을. 이제야 안다. 그 사실이 마음에 박혀 매일
엄마가 그립다. 평생 그녀에게 사죄할 것도, 감사할
것도 헤아릴 수 없이 많다.
핑계대지 않는 삶. 그것이 내가 여행을 통해 느낀
엄마의 삶 전부다. 엄마가 단칸방, 온갖 일, 수치스러운
말들을 이겨냈듯, 나도 열정과 용기로 핑계를 이겨내는
삶을 살고 싶다. jeje

조바심이 난 잠금

쉬운 생각은 누구나 할 수 있지만 쉽게 온 만큼
쉽게 사라진다. 누구나 할 수 있는 생각인 만큼
내 것이 아닐뿐더러 조금만 변형이 되도 풀어내지
못하는 문제가 된다. 나는 쉬운 생각 너머,
매순간 한계를 직시하며 한 뼘씩 성장하고 싶다.
나는 여전히 매력과 실력을 모두 갖춘 사람들 앞에서
자꾸만 작아지지만, 스스로를 향한 따뜻한 채찍질로
실력을 쌓고 싶다. 당당해지고 싶다. 한 뼘씩 더
담백해지고 싶다. 이렇게 조바심을 내는 젊음. jeje

몸이 부서질 것처럼 아프다. 화장실까지 걸어갈 수도
없을뿐더러 잠들 수 없을 만큼 불안하다. 정신은
멀쩡한데 몸이 따라주지 않는 이 상황이 나를
미치도록 수동적으로 만든다. 도무지 지나갈 것 같지
않은 고통과 불편, 내일 아침을 기다리는 간절함,
몸을 제대로 가누지 못하는 서러움. 이 모든 요소가
내 여행의 또다른 연결고리가 되어주기를 간질히
바라고 있다.

그토록 오고 싶었던 런던에 와서 나는 그리움과
권태에 빠져 외롭게 누워 있다. 여행 사진을 찾아보며
부러워하고 나만의 여행을 다짐했던 날들이 있었다.
한데 그렇게도 바랐던 이 도시에 와서 모든 낭만과
흥분을 배제한 채 병든 사람이 되어 침대에 쓰러져
있다. 푹 쉬고 건강해지는 것, 그것이 지금 가장 바라는
한 가지다. 무기력한 마음. 옆에서 쿨쿨 자는 친구가
가장 부러운 지금. 건강한 사람들 모두가 부럽다.
엄마 보고 싶다. jeje

12월의 런던, 나는 침대에 누워 있다. 이틀 전부터 어지러워서 그저 밥을 더 잘 챙겨 먹으면 되겠지 생각했다. 그러다 화장실까지 걸어가는 게 힘들어지더니 세수를 할 수 없을 만큼 손이 저려왔다. 곧 서 있기가 힘들어졌고 앉아 있는 것도 숨이 차더니, 밥도 누워서 먹어야 하는 상태가 되는 건 순식간이었다. 병원을 찾아가기도 귀찮았다. 택시를 탈 돈도 없었고 누군가에게 부탁하기도 미안했다. 결국 침을 흘리며 옷을 제대로 챙겨 입지도 못한 채 병원에 가는 상황이 되어버렸다. 그때 나는 죽을 수도 있다고 생각했다. 헉헉거리는 내 숨소리가 두려웠다. 잔인하게도 몸은 이미 견딜 수 있는 한계를 넘어버렸다.

병원에 도착해서는 숨이 제대로 쉬어지지 않아 소리를 질렀다. 크게 외치고 싶은 간절함. 그러나 목소리가 나오지 않았다. 아무것도 할 수가 없었다. 온몸이 사시나무 떨리듯 떨렸다. 입원 수속이 느린 영국 응급실, 바닥에 누워 순서를 기다리는 내게 사람들의 시선이 몰린다. 두꺼운 담요를 덮어도 좀처럼 온기가 돌지 않는다. 먹었던 모든 것을 내뱉었고 잠깐씩은 귀가 잘 들리지 않았다. 나는 혼자였다. 혈액 수치가 정상 수치에 비해 4분의 1 수준으로, 기절 직전이라는 의사의 말이 희미하게 들렸다. 세상이 정말 노랗게 보였고, 그때 내 얼굴은 핏기 하나 없이 하얬다. 중환자실 커튼 안쪽 옆에 놓인 심장박동기는 요란한 소리를 냈고, 커튼 밖에 있던 친구는 나를 기다리며 눈물을 쏟았다. 몇 시간을 기다려 혈액 세 통을 수혈 받았다.

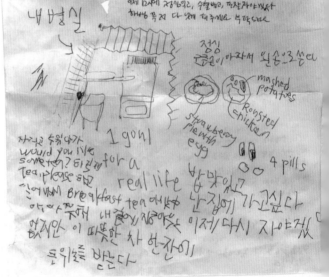

2일 11시 23분 am
2시간을 여기에 앉아서 있어봤다
눈이 계속 난다

나는 이별일을 매일 할거야라 좋아함인냥
같이 보고있다. 다들 너는 안쓸것해 보다본다 Are your all right,
darling 하고 물은것인다

내 자리나 나가서로 앉어있다. 원격항가 멀끝이라 아늑축고
커텐을 저쪽으로 내밤겥다. 거죽은 계안을 앉에이두고
항가바나 앞 의자에 앉아 독오한 이불을 배개를 배고
이플었노는다 아늑하고 따뜻해. 병중 간호자들이오면서
2자, 너나도 내가 괜찮다. 다거티아지내다. 그나오썬생한테
여기서 좋다 낫으라가려겠다라 했다. 이글을 쓰는거까지 손에 우리가
안다 딸이 저거더라

점은에나 카드를 해봤었해주었다 다해했다
줄 액러해 조조았었다 한이름났다
어제 12시에 정기6믹리, 수혈빨리, 팥잔자야너있다
해녀양 쪽지 다 붙여 해주게로 부탁드리로

내 병실

점심
굴원이마자서 왼손으로 쓴다
mashed potatoes
Roasted chicken
strawberry pie with egg
4 pills

잘먹었다 수원내가
would you like something? 티라라 for a
tea, please 하고
여기써 Breakfast tea 마셔 real life 밥맛있?
난집에 가고싶다
아니지 내경이 전아있 이저/다시 자야겠
BUT 이 따뜻한 차 한잔의
온위를 받는다

1 goal

여섯 번의 피 검사. 검사할 수 있는 피가 없어
손과 팔 여러 곳에 바늘자국이 선명했다.
다시 건강해질 수가 있는 걸까. 지나갈 것 같지 않던
새벽을 통과했다. 아침식사로 나온 우유와 크루아상을
미친 듯이 먹었다. 거동이 불편한 채로, 팔에 링거
4개를 꽂고, 혼자 병실에 있었다. 고맙게도 친구와
언니가 맛있는 것을 잔뜩 사들고 찾아왔지만, 대부분의
시간 나는 혼자였고 보고 싶은 가족들은 모두 한국에
있었다.

간호사에게 종이와 펜을 구해 일기를 썼다. 손이
저리면 왼손으로도 썼다. 그것만이 나를 살리는 길이라
생각했다. 건강할 때는 절대 하지 못했던 생각들이
이따금 들었다. 그것도 아무도 없는 런던에서.
손톱이 분홍빛을 되찾아가는 병원에서 나는 참 많은
생각을 했다.

엄마에게는 죽어도 내 상황을 말할 수가 없었다.
평소처럼 연락을 해야 엄마가 오해하지 않을 것 같아
아무 일도 없는 것처럼 문자를 보냈다. 엄마는 마침
김장을 하고 있다며 사진을 보내왔고 아빠는 참 사진을
성의 없게 찍는다는 말을 덧붙였다. 엄마는 책상에
엎드려 울고 있는 곰돌이 이모티콘을 보내왔다.
"우리 딸 너무 보고 싶다. 이제 조금 있으면 온다."
그 문자를 보고 나는 그 곰돌이보다 더 서글프게
엉엉 울었다.
모든 것을 망친 것 같아 억울했다. 이것으로 여행이
끝나는 걸까. 아니다. 그게 아니다. 이것은 여행의
부분일 뿐이다. 런던에서 죽을 뻔한 사건을 겪고 전혀
다른 차원의 생각을 하게 된 것. 위험한 방식이긴
하지만 분명 기회였다. 마음을 편하게 먹고 내게
주어진 시간들을 천천히 정리해나가기로 했다.
몸이 회복되어가면서 불평으로 가득했던 마음도
차분해졌다. 그런 상황에서도 일기를 써내려가는
스스로의 광기 어린 모습을 보며, 이 여행이
참되었다는 것을, 성장의 한 꼭지가 되어줄 것을.
느꼈다. 그렇게 런던 병동을 떠나왔다. jeje

스며드는 공기 속

한국에서는 매일 홍대나 종로를 찾아갔다. 만나는
사람도 늘 같았고 새로운 장소에 대한 개척 정신도
없었다. 여행은 좀 다를까 했더니 그 습관은
런던에서도 이어졌다. 늘 똑같은 버스를 타고 똑같은
장소에 갔다. 100번 외출했다 치면 그중 70번은
런던 예술가가 다 모인다는 브릭레인이라는
동네에 갔다.

브릭레인에서 주말마다 열리는 벼룩시장에는 사람이
바글바글했다. 북적이는 사람들 사이에서도 기분이
좋았던 것은 그곳 특유의 생기 때문이었다. 마음이
한껏 들떠서 꽃을 들고 있는 남자에게 애인이 참
좋아하겠다는 말을 건넸다. 꽃잎 하나를 십 분씩
들여다봐도 아깝지 않을 아름다운 분홍빛 꽃이었다.
남자는 스스로를 위해 산 꽃이라 대답했다.

좋아하는 모자와 귀걸이, 새 것으로 사면 엄청난 값을
지불해야 하는 명품 빈티지, 김이 유혹적으로 피어나는
각종 길거리 음식까지……. 벼룩시장에는 말 그대로
없는 것 빼곤 다 있다. 파란색과 금색 빛을 띤 귀걸이를
흥정 끝에 싸게 구입했다. 언니에게 줄 선물로는
1970년대 《보그》 표지가 프린트된 엽서와 유명한
글귀가 프린트된 포스터를 골랐다.

청록색 터번을 두른 여자가 파는 인도 요리를 먹었다.
5유로라는 값이 믿기지 않게 푸짐한 인심을 베푼다.
나무 의자에 앉아 웃고 있는 사람들에게 같이 앉아도
되냐고 물어보고 사이에 앉았다. 노란머리 중학생들과
무릎이 닿을 만큼 가깝게 앉아 정신없이 음식을 먹고
있는 내 모습이 조금은 웃기다. jeje

옛날 영화관 같은 화려한 간판, 통유리를 통해
펼쳐지는 깊고 넓은 공간. 12월, 입김 나오는
날씨인데도 카페 직원들은 더운 나라에서 날아온
것 같은 화려한 프린트의 티셔츠를 입고 있다. 눈을
둘 곳을 쉽사리 정하지 못할 만큼 많은 물건과 많은
색깔들, 손으로 직접 만들고 그린 것처럼 보이는 벽의
글씨들이 현란하다.

저마다 에코백이나 배낭을 메고, 혹은 방금 주문한
커피를 쥐어들고 유심히 앨범을 살피고 있다. 예술 분야
책, 위트 있는 엽서와 가방도 있지만 LP 판과 CD 들이
주를 이룬다. 요즘은 공기를 마시듯 쉽게 업데이트를
하고 최신곡을 몇 초 만에 들어볼 수 있는 세상이지만,
다음 트랙이 무엇일지 기다리는 그 몇 초의 시간은
여전히 귀중하다. 눈에 보이지 않고 오로지 귀로만
접하는 정직한 음악의 마음 같다.

진지하게 CD를 고르는 사람들의 틈에 껴서 앨범을
뒤적거려보기로 마음먹는다. 오랜 시간 좋아했던
킹크롤의 앨범을 찾고 웃다가 라이언 맥긴리의 사진이
바탕이 된 아일랜드 밴드 시규어 로스의 앨범도
지나쳤다. 색깔이 특이해서 무심코 집어든 분홍색
앨범은 피닉스의 것이었다. 문득 인디밴드 '검정치마'가
런던에 진출한다면 자유분방한 젊은이들에게 큰
호감을 사지 않을까 하는 생각도 해보았다.
런던에 오기 직전 재밌게 읽은 책 『저스트 키즈』의
주인공인 패티 스미스의 흑백 사진, 그녀의 이야기를
상세하게 읽어보아서일까. 괜히 어깨가 으쓱해져
그 앨범 위에 핀을 올려 두어 곡을 들었다. 파리에서
처음으로 알게 된 아티스트의 음반 두 장을 샀다.
짧지만 강하게, 군더더기 없이 뼈 있는 한마디를
표현하는 뮤지션이었다.
누구도 큰 소리 내어 떠들지 않지만 활기가 넘치는
공간, 그런 곳을 좋아한다. 쉴 곳도, 편하게 앉아
있을 소파도 없지만 몇 시간이고 서서 진지하게
머물고 싶어지는 곳, 그런 감각적인 공간을 편애한다.
얼마나 머물렀다고 런던에서 제일 좋아하는 공간이
생겨버렸다. jeje

숙박비는 끝까지 0원

히스로 공항에 도착했다. 언니와도 모든 작별 인사를
마쳤다. 짐을 부치기 위해 줄을 서 있는데 갑자기 앞에
선 사람들이 우왕좌왕하기 시작했다. 비행기 시간이
연기되어 모든 항공편을 다 변경해야 하는 상황이란다.
조금만 기다리면 되겠지 싶었는데 그 줄에 서서 꼬박
네 시간을 기다렸다. 줄을 서 있던 사람들 중 한 명의
한국인이 더 있었는데, 맨 앞쪽에 있던 그는 예매했던
것과 같은 러시아항공으로 내일 10시 비행기, 택시와
호텔은 공항 측에서 제공받는다고 했다. 씩씩거리며
육두문자를 뱉고 있던 걸 들은 모양이었는지
상황이 어떻게 돌아가는지 잘 설명해줬다. 질문에도
묵묵부답이고, 그냥 줄에서 기다리라는 말만 반복하는
공항 직원들의 무책임한 태도에 불만을 쏟아내려
장전하고 있던 차, 네 시간이 지나고 드디어 내 차례가
왔다. 직원의 한마디는 화가 잔뜩 나 있던 나를 단숨에
제압했다. "British airline, direct to seoul, hotel and
taxi will be provided."

시계가 원을 네 번 그릴 동안 기다린 결과는 생각보다
달콤했다. 최저가로 급하게 끊었던 러시아항공은
140만 원 정도였는데, 영국항공 직항으로 표가
바뀌었고, 오늘밤은 호텔에 택시까지 제공된다는
것이다! 대강 검색해봐도 240만 원 정도 되는 가격이다.
불만은 쓰레기통에 버리기도 아까워 맨땅에 던져버린
지 오래. 이런 일이 어떻게 가능할까 생각하며 호텔에
도착했다. 콧노래가 절로 나왔다. 맛있는 식사에
포근한 흰 이불, 넓은 방, 결국 마지막 날까지 숙박비는
0원이었다.

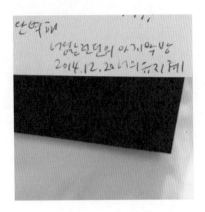

오렌지 주스, 뜨끈한 홍차, 크루아상, 달걀 프라이,
감자 크로켓, 구운 버섯과 토마토, 싱그러운 과일과
베이컨……. 아침 뷔페까지 알차게 챙겨먹었다. 그
맛은, 왠지 다시는 맛보지 못할 것만 같은 이 여행의
달콤한 보상과도 같았다. 남들에게는 별이 조금은
부족한 호텔일 수도 있으나, 내게는 지난 2개월 동안
혼자 짊어졌던 짐을 보상받는 것 같은 기분을 전해준
'응답'과도 같은 장소였다.

여행 경비를 절약하기 위해 한 번도 타본 적 없는
'직항' 항공편이었다. 모든 것을 내려놓고 집으로
향하는 마음만 챙겼기에 달콤하게 잠을 청했다.
67일의 시간, 다소 미련했던 질주. 그래서인지는 몰라도
이 도시 런던에는 애증과 미련이 꼭 잠기지 않은
수도꼭지처럼 자꾸 추억이 똑똑 떨어졌다.
67일간 숙박비 0원, 이제 진짜 돌아가야 해, 라고 할
때 항상 해결책이 생겼던 여행. 내가 여러 사람들에게
찬찬히 갚아가야 할 마음의 빚이기도 하다. 찬란했던
나의 여행은 종료 버튼을 누르며 일시적으로 끝이 났다.
11시간 후면 엄마를 본다. 나 한국 간다. jeje

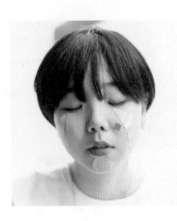

엄마에게 단 한 푼도 받지 않기로 스스로 약속하고,
내 힘으로 돈을 벌고 버텼다. 그렇게 두 달하고 한 주를
살았다. 호화로운 여행은 아니었지만 그곳에서 돈을
벌고 생활을 만들어가는 나 자신이 자랑스러웠다.
그러나 갑자기 아파 입원하며 생겨버린 병원비와
한국으로 소환된 나를 태운 비행기 표 값 때문에
마무리는 엉망이 되어버렸다. 5만 원도 보내지 말라고
호언장담을 하며 처절하게 세워놓았던 생활 계획은
물거품이 됐다.
가족 없는 병실에서 세 번의 밤을 보냈다. 피는
한없이 모자랐고, 수혈을 받아 얼굴은 괴물처럼 붓고
손톱은 노랬다. 나는 버텼다. 언제 고꾸라질지 몰라
안타까울지 몰라도 정말 내 힘으로 끝까지
해내고 싶었다. 그런 독기가 생겼다. 그러나 공짜인 줄
알았던 병원비는 어마어마한 금액으로 청구되었고,
숨기고 있던 내 상태를 엄마에게 말할 수밖에 없었다.

결국 귀국도 3주가 앞당겨졌다. 일주일간 런던에서의
생활을 정리했다. 나는 엄마 곁으로 돌아왔다.
밥상머리에서 가족들과 얼굴을 마주하고 주말을 함께
보내며 시답잖은 수다를 떠는 일상으로. 그러나 나는
마지막까지 하루하루 여행의 완성을 위해 걸음을
뗐다. 엄마에게 빌린 여행 경비를 꿋꿋이 갚아냈다.
어쩔 땐 눈물겨웠지만 나쁘지 않았다. 꿋꿋이 그리고
꿋꿋이. 지금도 나는 여행을 계속하고 있는지 모른다.
모든 것은 내 편이 아니었고 모든 일은 예상한 대로
흘러가주지 않는다는 점에서 서울은 또다른 여행의
연장선상이었다. 옷을 사고 싶어서 샌드위치 하나로
하루를 버티기도 했다. 약해지고 포기하기엔 마음에
뱉어놓은 다짐이 초라해질 것 같았다. 나는 언제나
엄마가 주는 무한한 사랑에 대해 핑계가 많았고,
미루고 주저하는 아이였다. 그런데 그런 나를 시험하고
버티게 한 것이 바로 '여행'이라는 공간이었다.

여름 유럽은 행복이었다. 닥치는 대로 쇼핑을 하고
먹고 싶은 것을 먹고 울기보다 웃었다. 겨울 유럽은
시험이었다. 억센 악센트와 빨간 버스. 활기 넘치는
거리 모두가 생활의 일부가 됐고, 두 달간의 생활비를
내 힘으로 벌어야 했고, 집에 가고 싶었고 지겨웠고
무기력했다. 웃기보다 많이 울었다. 포기하고 싶었다.
그러나 그 겨울, 나는 더 많이 배웠고 더 많이 저질렀고
더 끈질기게 버텼고 꺼이꺼이 울었다. 자주 주저했으며,
이 정도면 괜찮다고 털썩 앉아버렸던 순간도 있었다.
누군가의 호감을 사기 위해 쉬운 말을 뱉고 지키지
않았던 수많은 약속들도 있었다.

스스로를 책임져야 하는 상황 속에서 마시멜로처럼
물러졌던 나는 아주 단단해졌다. 그것이 여행 후의
생활에 숨을 불어넣었다. 이제 그만해도 된다고 나
자신을 내려놓고 싶어도 계속 달릴 수밖에 없는 이유,
내게 허락한 튼튼한 마음 때문이었다.

하고 싶던 일을 하나씩 해치우며 살아가고 있다.
새로운 사람을 만나 이야기를 나누면서 재미있는
일들을 하나씩, 하나씩 해본다. 여행이 허락한 튼튼한
마음으로 새해의 나는 완전히 다른 사람이 되어 있다.
이전의 삶이 틀린 것도, 지금의 삶이 옳은 것도
아니다. 나답게 살아가는 것, 조금씩 나다운 면모를
찾아가는 것, 잘못 들어선 길에서도 발자국을 꾸준히
찍는 것뿐이다. 나는 나를 숨쉬게 하는 순간을 찾아
집중하고 있다.
흉내내지 않는 말과 마음. 자유롭되 중심을 지키는
것. 그리고 나를 알아봐주는 아름다운 사람들을 만나
말하지 않아도 알 수 있는 마음을 전하는 것. 건강하고
생산적인 대화 속에서 나 자신이 되는 일이 자연스러워
지는 것, 여행이다. 나는 어딜 가든 세계에 속해 있고,
상상은 곧 현실이 된다. 조용한 흥분을 일기장에
옮기는 순간, 그 순간부터 나는 전혀 다른 사람이 된다.
전혀 새로운 사람이 된다.

2015년, 23살의 여행을 마치고
24살의 여행을 준비중인
유지혜 씀.

불평할 겨를도 없이,
누군가를 미워할 여유도 없이.
오로지 내가 가진
흥미와 사랑의
수치만을 높이면서
젊은 날을
살아가고 싶다.
지금 이 순간의
행복을 놓치지 않고.
모든 가능성을
존중하고
새로운 공기 안에서
숨을 쉬면서.
세수를 막 하고
난 얼굴에도
멋이 묻어 있는,
그런 자연스러운 사람으로.
여행을 멈추지 않는
철없는 여자애로.